副刊文丛 一 主编 李辉 王刘纯

抓在手里的阳光

刘荒田 著

中原出版传媒集团
大地传媒
大象出版社
·郑州·

图书在版编目(CIP)数据

抓在手里的阳光 / 刘荒田著.— 郑州 : 大象出版社,
2017. 1
(副刊文丛 / 李辉, 王刘纯主编)
ISBN 978-7-5347-8207-7

Ⅰ. ①抓… Ⅱ. ①刘… Ⅲ. ①散文集—中国—当代
Ⅳ. ①I267

中国版本图书馆 CIP 数据核字(2016)第 278717 号

抓在手里的阳光

刘荒田 著

出 版 人 王刘纯
项目统筹 李光洁 成 艳
责任编辑 贠晓娜
责任校对 霍红琴 张迎娟
书籍设计 段 旭

出版发行 大象出版社(郑州市开元路 16 号 邮政编码 450044)
发行科 0371-63863551 总编室 0371-65597936
网 址 www.daxiang.cn
印 刷 北京汇林印务有限公司
经 销 各地新华书店经销
开 本 787mm×1092mm 1/32
印 张 9.625
版 次 2017 年 1 月第 1 版 2017 年 1 月第 1 次印刷
定 价 36.00 元
若发现印、装质量问题,影响阅读,请与承印厂联系调换。
印厂地址 北京市大兴区黄村镇南六环磁各庄立交桥南 200 米(中轴路东侧)
邮政编码 102600 电话 010-61264834

“副刊文丛”总序

李　辉

设想编一套“副刊文丛”的念头由来已久。

中文报纸副刊历史可谓悠久，迄今已有百年行程。副刊为中文报纸的一大特色。自近代中国报纸诞生之后，几乎所有报纸都有不同类型、不同风格的副刊。在出版业尚不发达之际，精彩纷呈的副刊版面，几乎成为作者与读者之间最为便利的交流平台。百年间，副刊上发表过多少重要作品，培养过多少作家，若要认真统计，颇为不易。

“五四新文学”兴起，报纸副刊一时间成为重要作家与重要作品率先亮相的舞台，从鲁迅的小说《阿Q正传》、郭沫若的诗歌《女神》，到巴金的小说《家》等均是在北京、上海的报纸副刊上发表，从而产生广泛影响的。随着各类出版社雨后春笋般出现，杂志、书籍与报纸副刊渐次形成三足鼎立的局面，但是，不同区域或大小城市，都有不同类型的报纸副刊，因而形成不同层面的读者群，在与读者建立直接和广泛的联系方面，多年来报纸副刊一直占据优势。近些年，随着电视、网络等新兴媒体的崛起，报纸副刊的优势以及影响力开始减弱，长期以来副刊作为阵地培养作家的方式，也随之隐退，风光不再。

尽管如此，就报纸而言，副刊依旧具有稳定性，所刊文章更注重深度而非时效性。在电台、电视、网络、微信等新闻爆炸性滚动播出的当下，报纸的所谓新闻效应早已滞后，无法与昔日同日而语。在我看来，唯有副刊之类的版面，侧重于独家深度文章，侧重于作者不同角度的发现，才能与其他媒体相抗衡。或者说，只有副刊版面发表的不太注重新闻时效的文章，才足以让读者静下心，选择合适时间品茗细读，与之达到心领神会的交融。这或许才是一份报纸在新闻之外能够带给读者的最佳阅读体验。

1982年自复旦大学毕业，我进入报社，先是编辑《北京晚报》副刊《五色土》，后是编辑《人民日报》副刊《大地》，长达三十四年的光阴，几乎都是在编辑副刊。除了编辑副刊，我还在《中国青年报》《新民晚报》《南方周末》等的副刊上，开设了多年个人专栏。副刊与我，可谓不离不弃。编辑副刊三十余年，有幸与不少前辈文人交往，而他们中间的不少人，都曾编辑过副刊，如夏衍、沈从文、萧乾、刘北汜、吴祖光、郁风、柯灵、黄裳、袁鹰、姜德明等。在不同时期的这些前辈编辑那里，我感受着百年之间中国报纸副刊的斑斓景象与编辑情怀。

行将退休，编辑一套“副刊文丛”的想法愈加强烈。尽管面临互联网等新媒体方式的挑战，不少报纸副刊如今仍以其稳定性、原创性、丰富性等特点，坚守着文化品位和文化传承。一大批副刊编辑，不急不躁，沉着坚韧，以各自的才华和眼光，既编辑好不同精品专栏，又笔耕不辍，佳作迭出。鉴于此，我觉得有必要将中国各地报纸副刊的作品，以不同编辑方式予以整合，集中呈现，使纸媒副刊作品，在与新媒体的博弈中，以出版物的形式，留存历史，留存文化。这样，便于日后人们可以借这套丛书，领略中文报纸副刊（包括海外）曾经拥有过的丰富景象。

“副刊文丛”设想以两种类型出版，每年大约出版二十种。

第一类：精品栏目荟萃。约请各地中文报纸副刊，挑选精品专栏若干编选，涵盖文化、人物、历史、美术、收藏等领域。

第二类：个人作品精选。副刊编辑、在副刊开设个人专栏的作者，人才济济，各有专长，可从中挑选若干，编辑个人作品集。

初步计划先从20世纪80年代开始编选，然后，再往前延伸，直到"五四新文学"时期。如能坚持多年，相信能大致呈现中国报纸副刊的重要成果。

将这一想法与大象出版社社长王刘纯兄沟通，得到王兄的大力支持。如此大规模的一套"副刊文丛"，只有得到大象出版社各位同人的鼎力相助，构想才有一个落地的坚实平台。与大象出版社合作二十年，友情笃深，感谢历届社长和编辑们对我的支持，一直感觉自己仿佛早已是他们中间的一员。

在开始编选“副刊文丛”过程中，得到不少前辈与友人的支持。感谢王刘纯兄应允与我一起担任丛书主编，感谢袁鹰、姜德明两位副刊前辈同意出任“副刊文丛”的顾问，感谢姜德明先生为我编选的《副刊面面观》一书写序……

特别感谢所有来自海内外参与这套丛书的作者与朋友，没有你们的大力支持，构想不可能落地。

期待“副刊文丛”能够得到副刊编辑和读者的认可。期待更多朋友参与其中。期待“副刊文丛”能够坚持下去，真正成为一套文化积累的丛书，延续中文报纸副刊的历史脉络。

我们一起共同努力吧！

2016年7月10日，写于北京酷热中

目　　录

自　序

从发表于报纸副刊的散文、随笔（以刊于海外，尚未结集的新作为主体）选编一个集子，不能不对主要发表园地作 回顾。

首先想到的，是旧金山一位已成故人的文友——敬爱的德蓉大姐（1942—2012）。从1993年开始，德蓉在旧金山发行量最大的《星岛日报》副刊开《自说自话》专栏。这位生于北京，青春时代嫁至香港，中年以后离婚，移民美国的普通女性，每星期刊登数篇千字文，内容无所不包：离婚后的心路，四个儿子的成长，自开小餐馆失败的糗事，闹市牛仔服店当售货员的趣闻——很快，她成为当地华人圈最红火的作家，在图书馆举办与读者的见面会，会场水泄不通，许多人站在门外。一位老年读者给报社写信："五毛钱一份的《星岛日报》，其中《自说自话》值两毛五；换个说法，如果贵报天天登《自说自话》，我保证每天掏一块钱买报。"旧金山市内有一个名叫"德蓉之友"的团体，成员近百人，定期聚会，和德蓉面对面交流。在文学日益边缘化的时代，这个现象发人深思。海外中国人每天阅读的中文报纸上的副刊，是寄托文化乡愁，纾解灵魂饥渴的主要园地之一。

在大陆和台湾生活多年，中年和晚年定居纽约的文学大师王鼎钧先生指出："报纸令人出神忘我的是副刊。打开报纸，副刊在平面上坦然呈露。扫描全版，姹紫嫣红，尽在眼底，那感觉真好。还有，副刊不必从头读起，金边银角，全凭兴会，潇潇洒洒，那感觉真好。副刊的文章总是亲切平易，贴近日常生活，好像为你而写，好像你也可以写，那感觉真好。还有，副刊每天按时来到，停停当当，岁岁年年，有那种生生世世的情谊。”

如果副刊是餐厅，读者是食客，作者就是厨师。我的“厨艺”平平，且都是“家常菜”，但为副刊写稿的资格颇老。可以说，没有海外副刊，我连起码的水平也不具备。我1980年移民以后，是在全新环境中思考和书写的，因生活平庸而产生的对灵性的渴求，前辈的示范和教诲，一步步地使我成为独立的、全新的写手。

20世纪80年代初，我给纽约的《美洲华侨日报》投的稿件，是读了大量台湾现代诗以后学写的新诗。开始时，主编王渝的退稿信，我抄在日记本上，其中有一句：“你如果继续像现在这样写，会让粗疏破坏了一切。诗是文学的最高形式，不要说一段一句，乱、错、粗疏不得，连一个字都得好好斟酌。因为写诗时，文字不仅是工具，亦是目的了。”整整30个寒暑过去，2014年夏天，在纽约《侨报》举办的讲座上，我向在场的王渝大姐说：“您是我异国写作生涯中遇到的第一个贵人。”

对因诸多局限而进入不了主流文化的新移民而言，填补空虚的“有涯之生”的诸种活动中，写作算得上环保、节约、健康、安全的一种。居美30多年，我一直在写，先是新诗，然后是散文、随笔，也偶涉小说。20世纪90年代起，在旧金山《星岛日报》的名叫《阳光地带》的副刊开《假洋鬼子》专栏。到今天，千字小品文累计逾2500篇。香港的专栏作家戏称自己为“爬格子动物”，每日固守一个小方块，限期交稿。尽管易犯硬写、稀释、夸大、老套、肤浅、重复一类职业病，但文学不排除“手艺”的成分，20多年磨炼，自以为有以下进步：一是较为真诚。在接近“从心所欲”的年纪，所写都是实话、良心话。二是较为新鲜。所写都是自己所拥有的“新”——新的人生图景、新的感悟、新的意蕴。避开老生常谈，远离肤浅“鸡汤”。三是较为圆融。初写小品文时，仿效明清小品，刻意追求某种“范”，如今把端起来的身段放下，让“真我”自在呈现。

海外报章的副刊，一般有专职主编或编辑，他们为了扶持写作者，为海外中国人提供精神营养，慰藉读者与作者双方的文化乡愁，付出了无数心血，从而将报纸的“后花园”（王鼎钧先生对副刊的妙喻）料理得花团锦簇。作为长期的投稿者，永远感念他们的奉献。让我把他们的名字列出：20世纪80年代有《美洲华侨日报》副刊主编王渝、《中报》副刊主编曹又方，20世纪90年代有《世界日报》副刊主编田新彬、《侨报》副刊主编陈楚年、纽约《明报》副刊主编潘郁琦、洛杉矶《国际日报》副刊主编董桂茵，从新世纪开始至今有《世界日报》副刊主编吴婉茹、《侨报周末》纽约版《纽约客闲话》专版主编刘倩、《侨报》副刊《文学时代》主编颜菡、旧金山《明报》副刊《明坊》主编曾宁。

2015年岁暮于旧金山

第一辑 风情篇

日落红尘合

核桃溪秋光

一、曙色

在核桃溪女儿家这几个月，作息时间大变。每天夜晚 9 点多便就寝，为的是和婴儿同步。婴儿 4 个月大，起初老妻和我两人在客厅睡觉，婴儿床就在我们的沙发床旁边。后来，我把动不动就失眠的老妻赶去卧室，由我独自在客厅陪伴婴儿。

顺理成章地早起。每天 4 点多，至迟 5 点，开灯，坐在案头。想起川端康成的妙句："凌晨四点钟，看到海棠花未眠。"为之莞尔。不眠的，看花人罢了；除非你把"含苞"与"萎谢"一概界定为"睡"。不远处的婴儿，并不在乎灯光。离我数英尺的是玻璃门，门外夜色如墨。我暂时不能进入苍茫的夜，因为隔着一组密码（为了防盗，临睡前设置警钟，输入密码才能开门，不然，全屋铃声大作）。我好整以暇，喝下第一杯开水，凝视黑夜。在时钟按部就班的敲打下，黑夜松动，它知道要向黎明交班了。

交班不是政变式的突变，也不是政党轮替一般分明，而是类似蛇蜕皮，蝶破蛹。而且，这仪式是在完全的静默中进行的。和故土的村庄比，核桃溪虽然树木更为丰茂，但具体到黑夜和黎明的接合部，村庄多了生气。迫不及待的公鸡和启明星一起上班，柴扉咿呀开阖，漏出零落的狗叫，不知疲倦的蟋蟀叫到了尾声，井沿的铁桶哐啷地响。一切就绪，远山上一丸被霞彩簇拥着，一跃而出，一步到位抵达早晨。

这里呢，同是从内而外的蜕变，但小有分别。以栏杆为界，栏杆后为以树木为主的立体景观。对付森然而立的黑夜，光明以无形的“漏斗”排出，先去掉覆盖所有白色的漆黑，使得白栏杆、灰墙壁，以及马蹄莲、绣球花最先呈现轮廓。其次，去掉附着于枝丫的褐色，使得伸向天穹、几乎触到星星的干梢清晰起来。往后，夹杂在婆娑树冠的，藏匿于屋顶烟囱下的，缠绕街旁的枫树的落叶的，所有影影绰绰的黑，都被更密的孔眼筛去，光明终于浮现。至于栏杆前，这平坦的院子呢，曙色先以微明布下疑阵。木板铺的地面起伏迷离的光斑。光斑蓦地消失，眨眼之间，大片亮色从顶盖边沿，瀑布一般泻下，漫流开来，地上尽是水银。我揉了揉眼。光明已堆满玻璃门，再不打开，怕要挤爆。

我没有把玻璃门打开，因为忘记了密码。只好专注于另外一种黎明。它从婴儿床上升起。我断定，不多会儿，美妙的躁动就要开始。我扶着围栏俯看，小宝宝伸胳膊，蹬腿，翻身，眼睛依然闭着。她十分享受将醒未醒的瞬间。我等待，一如万物等待日出。她漫不经心地睁开乌溜溜的眼睛，嘴巴张成甜甜的笑，似乎得意地问："我睡得怎么样？"她上一次喝奶粉，是7个小时之前，本该饥肠辘辘，按惯例会大哭，但她只专心于伸展解除捆绑的手脚。我慌忙到厨房去调奶粉，把奶瓶放进微波炉加热，然后，把她抱起，当起乐趣无限的"奶爷"，这头衔比"奶爸"更高阶。此时，室内涌进喧哗的晨曦。

隔着玻璃门看远处的草地，长尾巴翠鸟是第一批觅食者，麻雀即将加入。松鼠在横过天空的电线上敲击音符。晨光在叶子间跳跃。室内婴儿吸奶瓶的声音，和屋檐下排水管（它专收集屋顶的露水）的滴答声，取同样的节奏。哦，至美的黎明！

二、明黄色之舞

在旧金山，秋天难看到一棵通体如火的枫，核桃溪却触目皆是。岂止红枫，路过任何一处花木扶疏的街道，从褐色到朱红色，一个谱系完完整整地呈现。成熟季的红，有如血性男人快意恩仇，看着顺气。

整整一个 11 月，红色汪洋恣肆，淹没了街道、公园和山坡。常绿的花旗松知趣地退避，栅栏前的扶桑花略加收敛，红艳艳的花开得相当谦卑。早上 8 点，我驾车路过一个十字路口。初升的太阳君临，光束从枫林中穿透，各个层次的红色，被日照加工成绚烂的云蒸霞蔚。斑马线上光斑浮动。朝拜般的鸟声中，几个慢跑者的身影被树的光斑融化了。正是忙迫的通勤时段，但四面“停车”标志旁边的车子，都故意停得久一些，为了欣赏可遇不可求的华丽。跟在后面的车，居然都没按喇叭。

说话间到了 12 月，雨季来临。昨夜下了半宿的雨。早上开窗，没一处不湿，檐下的水滴，悠长的节拍似乎要呼应什么。瞬间，歇过气的雨鼓起余勇，漫天洒下，沙沙之声略似故土田野最早的蛙鸣，檐溜就此有了着落，为雨声标出拍子。我打开大门，雨帘里，一棵糖枫下，由红变褐的叶子铺了厚厚一层，心想，色彩的轮流执政，该到此为止了吧？

不料，才走出屋门 100 米，大大地吃惊！哪里冒出如山如海的黄叶？平日不是见不到，那些落叶乔木，都小家碧玉的模样，竖在街旁，为石阶供应的只是小额，且都在夜深人静的夜间悄然下坠，何曾这般明目张胆。造成视觉震撼的，先是颜色的纯粹——正宗的明黄，不掺一点儿杂色，连霜造的褐斑也难以看到。菊花里有一种姚黄，花瓣仿佛涂上蜡，黄得亮堂，眼前的黄就是这般。其次是多。车子下山那阵儿，雨稍歇，大风刮来，黄叶的巨浪汹涌而起，不亲眼看到不晓得其威力。上下的联手夹击，树上的叶子借风势汇集，成为波浪的前沿；下方，早已委地的厚厚的累积，被风兜底掀起，成为波浪的底部。二者组合为巨大的横放的问号，夹带着被雨后日头滤过的金色粉尘。黄浪往大路上卷去，再向路旁的屋宇蔓延，一时间，天地变色。一辆跑车仗着转动灵巧，要和黄浪周旋，须臾间被叶子埋了半截儿，慌忙拨方向盘闪避，从斜刺逃离。我在后面看着，哈哈大笑。

开车一路，才明白红叶的家族与黄叶的家族并不交集。怪不得红的自红，黄的自黄，各循自己的生长秩序。红叶并非由黄叶变来，反之亦然。红叶当令时，黄叶韬晦，是为了酝酿属于自己的哗变，时间定在此刻。黄色一族，由什么树木组成？该由植物学家来解答。我只认得出银杏，它无疑是主力，其次该是槭树家族的若干成员。

20多年前，有一次，我把车停在唐人街的偏僻处，一边坐等买菜的妻子，一边读书。一片银杏叶，轻盈地飘，在前窗落定。我大吃一惊！这不就是生命进入秋天的信号吗？回到家，写了一首短诗，有一句是："莫非是绿卡上的绿所蜕变？"今天，车子上落的黄叶少说也有上百，却没有心思推敲出处，尽管轻吟了"雨中黄叶树，灯下白头人"。

黄叶翩翩，绿叶就没份儿了。如果辞枝是终结，黄叶的最后表演如此纯粹、尽情，当死而无憾。尽管舞蹈的主宰是风，而不是叶子。

（2015年11月刊于美国《世界日报》副刊）

叩问寂寞

午后，在旧金山郊区小镇核桃溪步行。太阳凶猛，为所有接受它光线的东西烙下清晰的界线，并给玻璃和瓷砖的边缘镶下欲熔未熔的黄金。我脚下的，是和24号加州高速公路连接的路易斯路，路上几乎看不到人，车子是有的，身边陆续经过十多辆。被衣服遮盖的肌肤潮湿了，炎夏通过汗腺发出它还没退场的声明，尽管两个星期以后就是中秋节。

叮叮叮叮，声音仿佛从蓝天笔直砸下，又像是从大地深处飙升的，又尖又脆，一下是一下，回声如此殷勤，对每一下都作即时逆向散播，将天地之间充满。是一把锤子在敲击木头，我快步走向声源。斜坡下一栋在建木屋，两层，外墙已差不多封好，一色酒红色五合板，十分悦目。锤子有一搭没一搭地运作，声音依然夭矫。我据此断定，持锤的工匠并非在从事专业的活计，若然，钉整面天花板，他手拿的就不是轻巧而效率奇低的老式羊角锤，而是气钻；在我这无聊的旁观者听来，锤子纯然是为了激活寂寞而响，一如“鸟鸣山更幽”。我就此悟出，洋洋洒洒的阳光下尽是寂寞！我的脚步成了执拗的叩问。“问”什么呢？寂寞的规模？寂寞的哲学含量？寂寞的福泽和祸殃？这条马路并没有人行道，我只好踩白线外没铺沥青的路肩，细碎的石子淅沥如秋雨。

拿寂寞说事，这本身就说明我的不超脱。鱼会一个劲儿地谈水吗？一个寓言干脆揭露，一尾糊涂的鱼居然忘记了“水”是什么。如果我早已习惯了寂寞，那么，只有受“不寂寞”包围时才可能想到它。其实，我正怀着外科医生的冷静，以脚为手术刀，要剖开寂寞，从里到外做一番审视。寂寞不是我的，寂寞属于神。寂寞是海，我是鱼，自信不会被淹死。

一路走，发现寂寞的核心意义是“各不相干”。且看耸动在街旁、山上、谷底的树，千篇一律的绿，营垒已有所松动，秋来斑驳就来，黄、橙、紫、墨各种异色蠢蠢欲动。它们并无关联，拒绝呼应，各有各的营生。挺拔的枞树并肩而立，霸占一小片蓝天，谁都以为它们是抱团儿的，然而大毛笔状的树冠各自为政，在白云上写的内容都不会被叶子的絮语泄露。以伟岸著称的花旗松，蹦跳其上的松鼠懒得为枝条搔痒，任树兀自做千年大梦。秋天的领军者梧桐，一定叹息这里不是线装书的中国，它超前的萧瑟还被庞大的绿色藏掖着。黄桷的皮皲裂成龟壳，和桦树皮下的雪白难以调和。花有的是，除了草地上零星的波斯菊、栅栏下发呆的紫地丁、路旁的蒲公英，因空旷而触目，其余的都不抢眼。高标的羊蹄甲成了绿海的浪花。我蹲下来，爱抚因久旱而半蔫儿的狗尾巴草，顺便把鞋子里的石子倒出来。有点纳闷，眼前不失美好的风景，何以不能汇聚为同一节奏和韵律的“大一统”，予人的心灵以巨大的撞击？在故土，我可以用“乱花渐欲迷人眼”描绘春游，以“无边落木萧萧下”囊括秋色，却对这里任一个季节束手。

不错，景由心生。眼前风景无一不是心境的外化。不远处被橡树的浓荫笼罩的马路上，一只麻雀跳跃，啁啾，走了。对了，我的寂寞来自对“互动”的渴望。爱群居的中国人，“你来我往”是何等重要的人生内容。崇尚清虚的高蹈者，口口声声说爱寂寞，其实最害怕“无人”。周作人宣称：“清明郊游只有野哭可听耳。”雪夜访远方之戴，巴山夜雨中共剪西窗之烛，子期伯牙的高山流水，是不朽的同气相求。“举杯邀明月，对影成三人”，是四顾无朋之际聊胜于无的替代。当然，国人另有惨痛的“互动”，“文革”的喷气式，牛栏的刑罚，受害一方只能认罪，求饶，卖友。到了网络时代，互动在点赞，在跟帖。群居终日时的酒气和笑语，互相抬轿的飘飘然，并肩的深谈都隐没在远方。这就是症结。

然则，眼前的一切，需要“互动”吗？除非刮起大风，树木不会向同一方向俯仰。除非大雨，谷里的水不会向同一处漫流。个体都是独立具足的。想起纪伯伦著作中的一句：“庙寺的廊柱都是分开的。”太寂寥的人间不也一样？树和树都保持距离；房子更是，不像缺少土地的城市如旧金山那般幢幢紧挨，贴邻的摇滚乐穿墙而来。这里的住宅都被树和草地围拥着，边界是漆上白色或红色的木栅栏。

别说多数人要么上班要么上学的午间，即使灯光次第亮起的夜晚，自然和人也是独立的。我女儿一家住在山麓，马路对面的邻居是伊朗人。“我们可是熟络的朋友。”女儿自豪地介绍那一家的男主人，“听说在巴列维王朝时代，当过省里什么官员。”我只和这位年逾七旬、霍梅尼的伊斯兰革命刚刚兴起的1980年就逃离祖国的绅士，隔马路以吆喝的高分贝说过“早上好”。有一次，雍容华贵的女主人上门，教女儿十分惊喜，人家却婉拒进屋喝茶，只是和气而坚决地说：“我卧室的窗户正对着你家车库的外墙，你们天天把垃圾桶放在墙壁前，我一打开窗子……”女儿连忙道歉，把三个垃圾桶移进栅栏内。怪不得抱怨美国“好山好水好寂寞”的同胞，明里暗里怀着对“又脏又乱又快乐”的乡愁。以我而论，“嘤其鸣矣，求其友声”，晚年唯一秘密的欣慰，就是万里之外的至交明年退休以后，会到这里定居。那时，我家久已冷寂的咖啡桌，他的新居临海的阳台，将是另外一番景象。

我的鞋子还在和路辩论：寂寞是灵魂的耐用品、易耗品，还是奢侈品？油罐车隆隆开过，我跳到路边的沟里闪避。笑着对远去的庞然大物说，破解寂寞，你比锤子管用。

就在这一刻，我瞥见乐来路口人家紧闭的大门外，放着一个长方形大纸箱。不必打听，这是快递公司送来的。主人不在，无人签领，只好这样。在旧金山可不行，难保没有路过的人顺走。碰巧一辆邮政车开来，微笑的邮递员在每一家前的路上暂停，把邮件塞进信箱。邮递员是中年同胞，从团团脸的笑纹推测，他心情奇佳，且格外富于同情心，看我走出一头油汗，差点儿邀我上车。我由此得出结论，这里是安全的，寂寞中有的是底气。

底气至关重要。同是寂寞，兵燹或者地震后的废墟是死寂，“文革”中武斗方停，偶发冷枪的中国城市亦然。而这里以个体独立为支柱的寂寞，可以借用普希金一个别致表述——“丰富的缄默”。40多年前读《奥金·奥涅金》，至今淡忘了情节，却记住了这一短句。

不错，这里的寂寞是丰富的。且一路看过去，门口放着纸箱子的一家，门旁檐下有两张摇椅，摇椅之间是小圆桌。难道这不是悠闲的暗喻？假日或者星月朗朗的夜，相对而坐，酒杯或者咖啡杯。一栋房屋前，放着四辆破旧不堪的车子，车库的门打开，可看到散乱的修车工具和旧沙发，满目凌乱和拥挤，宣示波希米亚的生活方式。斜坡上的房子，车道上停着一辆小卡车，车上满满地叠着钉成交叉形状的栅栏，到了周末，这里会响起铲子和锤头的声音。那栋油漆一新的两层房子，3个月前才过了户。前院停着三辆车子，都是天蓝色，豪华却教人腻味；旁边的一丛天堂鸟花却耀眼异常。

篮球架、秋千、倒放在地上的自行车、后院的烧烤炉——每一样都暗示着生命的活跃、饱满与随意。一棵樟树，枝叶间挂满了雪白的手纸，去年已是这样，如今手纸已从条状变为零碎的花瓣，却不凋谢，是宗教仪式呢，还是儿童的恶作剧？

走进女儿家所在的索萨街，街口，燃烧一般的艳红教我眼睛一热，是日本枫！一排四棵。它们一年到头维持着这个色调，并不买秋霜的账。这是我唯一感到集体性谐调的树木。我气喘吁吁地往坡上走。路过925号，那是欧洲移民的住处，狗在尽情叫着。

930号，我的目的地。远看，它也是寂寞的，所有的门都关着，不必用灯光的午间，哪个窗口都没有活动的人影。然而我知道，里面有教我和老妻快乐的一切：击败了产后抑郁症的女儿，勤奋工作、品格无懈可击的女婿，更有我们的心肝宝贝——两个外孙女。当我抱着三岁多的姐姐，打开电脑里的《多拉姐姐》卡通片时，十一个月大的妹妹就爬到跟前，抱着我的脚站起，高高地举起双手，咿咿呀呀地发言。我连忙把她也抱在大腿上，爷孙三个笑成一团。这一幕喜剧，随时可以上演。

我敲门，老妻来迎。我把鞋子脱掉，对它说：你的叩问到此为止。我且来享受自己的一份寂寞。

（2015 年 9 月刊于美国《侨报》副刊《文学时代》）

手机店里

“真对不起，你是熟客，一定不介意，请再等等，我先和他们——。”麦克友好地拍拍我的肩膀，转头，微笑着和刚刚进店的一个客人说话。我对他说：“行，你忙你的。”

午后，我在手机店里泡了3个小时。一半原因就是这样的礼让。我到这里来，是为把妻子的手机服务从A公司转到这家代理的B公司。A公司虽大，但信号放大器有太多盲点，在家里拨打、接听信号和音质都不理想，我交涉数次，对方都说没办法。一星期前我已为自己的手机转了，这次是把太太的也归入同一个家庭计划，好省下开销。

手机店开张不到两个月，一切皆新。店员两位，都是青年才俊。我乐意麦克中断为我提供的服务，私心里有个小算盘——看这店怎样做生意。“我是闲人，最舍得浪费的，就是时间。”当麦克趁客人填表的空当再一次向我道歉时，我这样声明。

其实，手机店的生意火爆与否，和我都是风马牛。我这好奇心倒是相当纯洁的，把它看作社会一个零件，就近观察，好广见闻。具体点，单是两位年轻人的籍贯和背景，我一进门就开始暗里揣测，需要求证。而况还有顾客。20 多年前，一位在唐人街新开书店当短工的朋友告诉我，有一天，这家书店从早上 10 时开门到晚上 6 时关门，一个人也没有进来过。新世纪的手机店却不会那么倒霉。

顾客是现成的，一位眉清目秀的后生带来一位老太太，要开一个不被全年计划捆绑，可随时开通和关闭的户口。麦克向他询问各种个人资料，语气谦卑。我从旁知道，客人来自广州，住在俄勒岗州，到这里来旅游。“一年总来一趟美国，报个到。”他白净的脸庞带着超越年龄的淡漠和无奈。我对这位绿卡族说：“还年轻，就该趁机多走走。”他没回答我，看神气是没兴趣听老生常谈。他陪同的老太太，身份耐人寻味。她进来一会儿就离开了，留下他善后。他坚持付现款，且不让老人家知道。可见这电话是他送给老人的礼物。她也许是丈母娘之类。麦克怕我生气，在与客人周旋的间隙对我说：“很快就好。”我微笑以对，转头看他的搭档肯尼，他坐在另外一台电脑旁，忙于下订单。“一下子要订12台！”他得意地说。我刚进门时，一位推销员模样的年轻人正要离开，两人在谈订购某种热门手机以应市的语气是十万火急的派头，这是我在这里感到“生意红火”的唯一表征。

广州客人的单子还没做好，一位老年同胞进来了。马克以为是新主顾，搁下手头活计，套起近乎来。我满怀兴致地旁观。店员如何应对同时进来的几拨顾客以及电话，是大有讲究的艺术的，要看麦克的本领。这位和我一般消费时间至为阔绰的闲人，不是购买服务或手机套，而是请教怎样在手机上打中文字，麦克趁打印机打印账单，简单地交代了。老人倒知趣，没有死缠烂打。

广州客人的手续办完，轮到我了。由于我已有档案，只要 30 分钟就完成。一位胡子拉碴的白人进来，要店员替电话公司赔他超收的话费，麦克好言解释，他乖乖地走了。两个店员看他从门口消失，就骂娘："这家伙早晚要请警察来教训！"

我去隔壁的星巴克买了一杯咖啡，坐在柜台旁，边喝边看。两位墨西哥妇人进来，要买电话卡，选不到中意的，嘻嘻哈哈地走了。一位欧洲人要去另外一家电话公司，进错了门。一个中国人进门，问为什么退款还没收到。

肯尼终于忙完，我有机会和他们两个聊。通过旁敲侧击，戴高帽子，套出他们的底细。两个都是单身汉，一个 34 岁，一个 35 岁。肯尼是广州人，麦克是我的老乡，都是8年前移民来的。“我们最难办，不上不下，进不了大学，只好卖手机。”肯尼摇摇头说。别以为他自叹倒霉，他是热爱这一行的。年轻的生命可以挥霍。他们不到下午4点不吃午饭——我问，为什么？两个都说，你不看清楚了吗？都忙得要命！那么，晚饭几点吃？10点以后。“有合适的，介绍给我。”他们都要我做媒。

（2015年9月刊于美国《侨报》）

一门之隔

这门，是女儿位于旧金山郊外核桃溪市家中的一扇侧门。我来这里暂住以后，在门旁边布置了电脑桌。每天对着屏幕码字，此即所谓“以无益之事，遣有涯之生”。门是玻璃做的，外面是后院。从最近处说开去，依次是小阳台、木梯级、砖砌的地面、草地、红缨枪一般的木栅栏、野餐操作台、电线杆、高高低低的树、或蔚蓝或阴晦的老天。

这后院，一目可见的优点就是：用心经营。不是不可以放任自流，三径就荒，松菊犹存，自有野趣。但上上下下无不精心布置，栅栏的白油漆白得可以和新娘的婚纱比美。不过，不是现任主人——女婿和女儿的功劳。上一任房东，是供职于雪佛兰石油公司的工程师，园林造景的发烧友，买了这栋房子以后，将屋子四周面积约半英亩的土地彻底改造，在斜坡上筑有防山泥倾泻的护堤，围有长达百米的红木栅栏。单看设计工巧的“同”字形烧烤设备，就晓得他的雄心。鞠躬尽瘁的业余园艺家，刚刚把蓝图变为周末可以拿着咖啡杯，坐在凉棚下细细欣赏的美好现实，就被召回位于美东的总部。可以设想他卖房子时是何等不舍。

前人种树，后人乘凉。我一天天享受着门另一边的风景：野心勃勃的自然和人类刻板秩序的并列，是融合也是对抗。最大的困扰来自知识的贫乏，以植物论，叫得出名字的不及所见的十分之一：花旗松、乌柏、枫、柠檬、羊蹄甲、夹竹桃、苹果树、波斯菊、扶桑花。直插云端，有如毛笔的，是修剪过的枞树。

遗憾之余，不能不想起《论语》里的名言：“子曰：

小子，何不学夫诗？诗，可以兴，可以观，可以群，可以怨。迩之事父，远之事君；多识于鸟兽虫鱼之名。”放到眼前，我这早已不是小子但也不好意思僭称“老子”的老头儿，码字生涯似乎可挂靠“学夫诗”。那么，“多识于鸟兽虫鱼”，可嵌入过程以及结果。前指学诗兼修生物学，后指学了诗，知道不足，赶快补生物学的学分。不过，远水近火，买生物大辞典恶补，要在回城以后。早知如此，就多和植物学家、动物学家交朋友。写出《瓦尔登湖》的梭罗，在湖畔隐居前，在哈佛大学可是做足功夫的。

原以为隔着玻璃，只能看静物。然而，从第二天开始，小动物陆续登场。为什么第一天不见动静？排除我耽于浏览屏幕，没工夫窥园的主观因素，猜是因为它们狡猾，要先断定玻璃门后面那个穿休闲服的老头子会不会突然冲出来，施以攻击。第一天蹑步走过小阳台的，是邻居的肥猫，它阅人多矣，从事侦察活动，得出了老家伙长相是不怎么样，但勉强说得上慈祥的结论。于是，它们放心登场。

舞台就是距离我少则1英尺多则10英尺的草地和砖地，以栅栏为边界。小不点儿的知更鸟，在草地的低洼处喝水。有时，那地方在自动喷灌器开过一轮后，留下不多的积水；有时，那儿有太阳没出山时，小草以自不量力的尖端擎起的浑圆露珠。麻雀也来了，在砖地边沿布下散兵线，步步为营，一直啄着。向天发誓，这一带不可能有人喂鸟，但它们永远有吃之不尽的食物。羽毛如锦缎的蓝坚鸟来了；黑不溜秋的乌鸦来了；斑鸠来了，白腹黑羽的、翅膀带灰色斑点的；一身翠碧的纯粹，教最地道的绿叶也妒忌的鹦鹉也来了，多半是情侣档，一只飞临，你可期待“另一半”。果然，它飞临，得意地栖在垂向灌木丛的枝丫，“嘎”一声，意思是：“我在这儿呢。”它们的肆无忌惮教我微微起了醋意，尤其是文思僵滞的当口，喂喂，难道我是空气吗?

松鼠的造访渐渐频繁起来。它们本是常客，但以前打照面在屋子前端，一早我打不地道的太极拳，三两只以地道的杂技演员的姿势爬过电线后，便在乔木之间穿梭。人走高空钢索，九死一生，松鼠却轻松之至。

可惜距离太远，我即使鼓掌喝彩它们也听不到。现在，玻璃门外的小小阳台成了松鼠的舞台。它们贪吃，有时也从远处树下抱来一枚榛子，在我面前啃，表示并非无所事事。但主要的是，这些一身黄褐色长毛教我想起上等毛毯子的小宝贝，是要给我看“尾巴功”。它们的尾巴比身体还长、还大，状似芭蕉叶，黄澄澄若纯金，伸缩，左右摆动，这不算什么，最绝的是倒竖成和身体平行的角度，如波浪一样款款摆动，最灵巧的舌头不过如此。不然，就把尾巴笔直竖起，露出尊臀。有时风没起，但落叶乱飞，原来是松鼠以尾巴在地面横扫。有几回，我看得出神，悄悄拿起桌面上的 iPad，要给天下最灵动的尾巴留影。老奸巨猾的鼠辈以锐利的小眼扫过，头部缩回，一蹦，溜了。据此，我有理由推测，不为满足口腹之欲而来的松鼠，嫌我以前对它们的表演没有表露足够的热情，特地上门献艺。爱默生随笔《论艺术》立论“在自己得意的时候成为‘世界之最’是一切自然物体的权利和属性”，以“从一个树枝跳到另一个树枝”的松鼠为论据——“它美丽而自信，当时当地它代表着大自然”。信然！

邻居的猫更加肥硕了，晃着可观的肚子，大模大样地走过，惊走了一只被成年松鼠带来的小松鼠。我差点打开玻璃门，向肥猫打招呼，请它改在夜里来。

不满 3 岁的外孙女，以脸孔贴着玻璃门，看麻雀妈妈带着孩子在草地上扒食，问我能不能“喂喂”。我说能，但手头没有它们爱吃的谷子。外孙女表示理解。旋即，她大声叫嚷，原来，一群蚂蚁正沿着门缝行军。看来要下雨了。我把她抱走。蚂蚁搬家，如果下一步把“家”安在门的另外一边，那是教房屋主人不高兴的。

（2014 年 12 月刊于美国《侨报》）

午间，在“城市之光”

那是旧金山一个彻底世俗化的午间，我提着从唐人街杂货店买的药材、蔬菜、从茶楼打包带走的点心，走向“城市之光”书店。经过门旁的柜台，向接听电话的黑人店员点个头，他正在回答顾客的询问：某位当红作家的新书何时上架？穿过布满书架的大厅，在一个小厅停留，盯住书架旁边一个嵌着诗句的玻璃框。我把手里的购物袋统统放下，靠近，读起来。是从纪伯伦（Khalil Gibran，1883—1931）的《先知的花园》

摘录的。开头就震撼了我，我挺胸，屏息，老眼有泪在涌动。

可怜的国度，即子民是羔羊，牧者把他们引向歧路。

可怜的国度，即领袖都是骗子，而圣者均报以沉默，一任偏执狂的喧嚣霸占所有声波。

可怜的国度，即人间一片寂静，除却对征服者的赞美；横行霸道者被许为英雄，受武力与凌虐统治。

可怜的国度，即只有它自家一种语言，只有它自家一种文化，此外无他。

可怜的国度，即人民以金钱来呼吸，且总是在吃得太饱时入睡。

哦，何其可怜的国度，何其可怜的人民，如果他们容忍所有权利遭到剥蚀，最终全部自由被夺走……

书店里空寂无人。我站了好久，才进来一位瘦削的白种后生，低头一页页地读《列夫·托尔斯泰秘史》。环顾四周，环境是绝对适宜于书蠹的，不管你掏钱买还是“蹭”。书架上贴了好几张标语，诸如：“坐下来，忘记世界，读书！”“生存压力且放下，这里是另一度空间。”如果连咖啡也供应，那就只差角度得宜的带扶手沙发或情人座了，但年富力强者靠墙而坐，也不是不可以打发半个下午的。

我再细看纪伯伦诗篇下方的名字：劳伦斯·费林盖蒂（Lawrence Ferlinghetti）。这位出生于1919年，行年96岁的大胡子白人，依然在旧金山湾区的诗坛叱咤风云。2014年10月，他提出构想，在旧金山北岸区设立不让汽车通过的“诗人街”。

费林盖蒂就是“城市之光”书店的老板，书店成立于1953年，开始时以平装书为主打，到了20世纪60年代嬉皮士运动勃兴，费林盖蒂成为中坚，书店遂成为“垮掉的一代”的大本营。大诗人艾伦·金斯堡（Allen Ginsberg）在离书店不远的“六艺廊”，赤身露体，首次朗诵长诗《嚎叫》。这一经典之作旋即被费林盖蒂出版。60多年过去，美国最具影响力的独立书店，如纽约曼哈顿区具有87年历史的“高谭”，旧金山对岸的柏克莱，堪称西部精神代表、历经半个世纪风云的“科迪”，最近两年都逃脱不了厄运，关门歇业；“城市之光”硕果仅存，名气也最大，在互联网和流行文化的夹缝中坚守。

移民旧金山这30多年间，来这绝无中文书籍的书店逛了无数次，即使不买书，也感受一下精神贵族的贵气。悬挂纪伯伦诗的小厅，过去主要陈设自费印行的平装诗集，多数薄且简陋，许多种是影印件装订成的，寒碜之至，却很教我喜欢，因为它们和我的身份及腰包都相称。

我的心依然黏着于纪伯伦的诗句，庄严的俯瞰，笼罩天下的警诫，教我肃然。转身，面对橱窗外，那是哥伦比亚大道。午餐时分，从写字楼踱出的人往唐人街的众多餐馆走去。挎照相机的游客好奇地窥探。三个股票行经纪模样的中国人，一色高级西装，以纯正英语争论着什么，并没向隔一道厚玻璃的文学巨人们的精神结晶投上一眼。纪伯伦和费林盖蒂依旧并肩站在书架上，以深沉的、带磁性的嗓门，朗诵警醒世人的诗章。

纪伯伦的诗句，针对的是庞大的“国家”，但是，“国家”是空洞的。就近取譬，书店里面的东西和政权、权力产生形而下关系的，只有街上经过的警车，还有两个街区以外的警察局。此刻，并不凶恶的警察们（老金山依然称之为“绿衣”，尽管他们的制服早已改为黑色）在吃盒饭或待在必须自掏腰包的快餐店。然而，国家和人——组成国家的公民有关。

马上想起费林盖蒂的诗《狗儿》，且意译前一部分：

一只狗儿在大街上自由自在地小跑，看现实。它所见到的东西，都比自己大。它所见到的就是它的现实。门口的醉汉，树上的月亮。狗儿自由自在地小跑，穿过街道。它所见到的东西都比自己小。印在报纸上的鱼，洞里的蚂蚁，唐人街橱窗里的鸡，而鸡的头部在一个街区以外。狗儿自由自在地在街上小跑，它一路嗅着，有的东西发出的气味和它一样。狗儿在街上自由自在地小跑，跑在学步的娃娃前头，跑在猫和雪茄的前头，经过撞球室，跑在警察前头，他对警察并无恨意，它对警察几乎毫无用处，所以，它在警察前走过。它从悬挂在旧金山肉店的整只死牛前经过。它宁愿吃嫩的奶牛，而不吃难缠的警察，但也许奶牛和警察都吃。它还经过“罗密欧面厂”（按：这是离书店不远的意大利风面食店），经过“科尔塔”（按：圆柱形塔，旧金山名胜，离书店约一千米远），越过联邦众议员多尔。狗儿怕科尔塔，但不怕联邦众议员多尔。不过，以这只狗的年轻，以这只狗的郑重其事，它所听到的事情无不难办，无不郁闷，无不荒唐。好在，狗儿自有狗儿的世界，供它生活，供它思考，还有自己生的虱子可吃。它不会给套上口罩。联邦众议员多尔在它看来不过是一个消防栓。……

待心潮平复下来，走出门去。什么书都没有买。经过柜台时拿起一个巴掌大袖珍精装本，是诗集《山水人》，17块钱加税，对付坐地铁的一个小时正合适。但店员正忙于接听电话，我不耐烦等，把湖蓝色封面的诗集放回架上，离开。

门外，一个中年女士马上逮住我，“能不能替我照个相？”“好的。”“可以把‘城市之光’这些字全拍下？”我说不行，因为招牌横跨两个店面，太长了。她说，那尽量吧！拍照完，把丽确照相机还给她，顺便问：“是韩国来的吗？”“不是。”她有点不高兴。白得过分的脸，被加州的上好阳光晒出嫩红来。

旁边，三个男女对着“城市之光”外墙上的大壁画写生。50步以外，就是唐人街的烧腊店和鸡鸭铺，鸡的咯咯声依稀可闻，肯定发自铁笼子里面（笼子不会逼仄，因为保护动物人士会加以严格监督），而且，公鸡雄赳赳的啼声不会夹杂在内。

我走着，像费林盖蒂诗中的“狗儿”一般走着。

（2015年2月刊于美国《品》杂志）

巴士上的“道德中坚”

星期五，上午 11 时多，31 路电车行驶在旧金山的加利福尼亚大街上。和我并排而坐的白人姑娘下车，一位白人老太太上来，走到我身边。她把背上的包包卸下，连同头上的鸭舌帽一起，放在空座位上。她并不落座，站在过道上，教训距离她两尺的乘客：“喂，不能站那里，危险！前面有座位呢，去，去！”两个学生模样的女孩子倒乖觉，懒得看“执法者”是什么人，说声“好的”，挪到前面去了。

老太太指的“危险地带”，是位于中段的两张椅面——直立的双人椅，它们分置于过道两旁，原先的功用有两个：一是供普通乘客坐；二是如果有乘客坐轮椅上来，便由司机作调校，让它们的椅面直立，腾出地方，放置轮椅及轮椅上的乘客。这两张附带特别装置的双人椅，旁边都贴上告示：一旦有残障人士需要座位，必须空出。前两年开始，所有巴士（不论是无废气的电车还是油电两用车）上的类似椅子，椅面一律直立，并在椅上贴了新告示：“并非座位，请勿放下椅面，以免发生危险。”我每次看到，就起疑问：为什么不拆掉，一劳永逸地杜绝危险？反正是轮椅的专用空间，不能坐的椅子徒然占地方。我甚至就此和在市交通系统担任公关专员的朋友讨论过，连他也不明底细为此纳闷儿。合理的解释该是这样：在司机调校椅面的过程前后，发生过事故，有人受伤，为此控告巴士公司。为了预防此类事情再发生，巴士公司干脆一刀切，一律让椅面直立。至于为什么不拆掉整张椅子，公关专员将其归咎于巴士公司的不作为。

我的芳邻在斥退6名试图在危险地带勾留的乘客之后，终于安心落座。我看清楚了尊容，70岁上下，个头偏矮，瘦削，精干无比。马脸虽匀上脂粉，但皱纹并不买账，该横的还是横，颊间的纵纹亦然。于是乎多了“倚老卖老”一成语中的“老气”。她把帽子戴上，帽檐上有英文字母SFPD，这是“旧金山警局”的缩写，教人肃然。来不及向她点头和微笑，她又一跳而起，指着站在危险地带的人吆喝：“会出事的，知道吗？”两个高大男子上来以后，忙于聊天，她逼近：“听到没有？站一边去！”男子很有风度，并不生气，中断交谈，赔上笑脸，问：“为什么不能站这儿呢？”“哎哟，这也不懂！椅面掉下来会砸伤人。”“好的，我们到后面去。”女士高声的吆喝谁都听得到，低声的嘟囔却只有我听得清楚，每次驱赶后，她都会加一句“真没风度！”或者“怪不得市交通部门白白赔那么多钱！”“天啊，这么笨！”

并非每个挨她教训的人都服帖，一位中国人模样的女孩予以反击：“偏站这里！管得着吗？谁说有危险？

又没有轮椅上来！”“就你横，看我……”老太太作势冲过去。女孩却白了她一眼，下车去。我的搞笑冲动终于难以压抑，正经对在身边坐下来的老太太说：“冷静点，没事的。”“谁说没事！”“可别说，我坐了这么久巴士，您是第一位敢管的。”大概搔中了痒处，她得意地扬起脸，把胸前的出入证摆正，说：“我呀，看不得不守规矩的。”“您是警察局的吧？”我指了指她的帽檐。“不算正式，但从前是。我还有这个。”她指了指挂在胸前带照片的出入证，我猜是警察局的特别通行证。我本要问她是不是义工。转而想，这不暗示她“已退休”吗？生龙活虎如她，最为忌讳的就是被人看出“老”来。

“不像话。”她还在攻击刚才和她过招的女子。“你是警察，有权力开罚单嘛！”“我才不开，这样的年轻人，哼！”“我看年青一代比我们强，英文呱呱叫，受大学教育。”“老一代有风度，哪像他们！”

巴士从纳山顶部开下来，坡陡，站立的乘客有的失去了平衡，东倒西歪。芳邻更加振振有词：“看到不？

危险就在这里。有一次，我看一个年轻的妈妈，拉两个小孩上来，孩子忙着吃冰淇淋，都不握横杠，摔得不轻。”

我临下车，问她最后一个问题：您是不是每天来来回回地乘车，以纠正乘客的“风度”为职业？她说：不，我哪有空，忙死了。

（2014 年 9 月刊于美国《侨报周末》纽约版）

午后的星巴克

我一向视咖啡馆独坐为“荒天下之大谬”，偶尔为之，是故意品尝孤独。今天落单，则是不得已。随老妻及女儿外出，她们去“梅西”百货公司女装部买内衣，我无从置喙，便走进“梅西”入口处所设的星巴克。我猜，星巴克在这里开店的宗旨之一，就是供我这一类“陪瞎拼”的无聊者消磨时间。

小号咖啡每杯一块九毛，折合人民币为 11 元。而国内的星巴克卖 28 元人民币。选上靠墙的高脚小圆桌。

坐下来，想上网看看电子邮件和微信，Wi-Fi 是“梅西”提供的，一点儿也不给力。此刻如果“天将降大任”，斯人只有看风景或书本二法。

我没带书，更因太老而无从承受“大任”，此层略过。看门外，一个巨大的建筑群正在兴建，起重机之类的巨型机械隆隆然。工地门口，至少 8 位身穿橙红色马甲的工人无交通可指挥，凑在一起说笑。我无端为老板心疼，建筑工人的标准时薪为 30~40 元，他们无事可干的时间耗去多少美元？看厌了飞扬的尘土，掉过头看内部。

咖啡不够热，味道不怎么样。味蕾告诉我，是两个小时前冲泡的，放在别的场合，可以容忍，今天太挑剔，只因独处的尴尬挥之不去。终归没有采取任何行动。两位中年人并肩进来，一男一女，一路说笑，走近时看清，都在胸前佩戴着名牌，是“梅西”公司的白领，此刻是他们法定的咖啡时间。我忽然明白，退休者最大的损失，如果不算收入，那就在：没有了同事关系。同事一如盲婚，拍板者非老板就是人事部主任，轮不到打工阶级。但同事和你在一起的时间，未必少于配偶和儿女。单说咖啡，你每天可和同事去喝两次，每次 15 分钟。从我面前经过的两位就是明证。和家里的，有时间未必有闲心。我打工那些年，和同事们在员工食堂，凭了无拘束的喝咖啡，引出他们多少私密故事、多少笑话。

“同事”远引以后，两个穿同样柳条衬衫的男孩吸引住我的视线，一看就知道是拉丁美洲移民，年轻的爸爸妈妈对新大陆的新鲜感以及由“新”而来的拘谨依然浓郁。两个五六岁大的孩子却无所顾忌，每人啃一块巧克力饼干，一个占据爸爸的膝盖，一个拥有妈妈的臂弯。一个活色生香的家，使全室在咖啡香之外，飘起人性深处悠远的韵味。这一家子旁边，一位戴鸭舌帽的老者在扶手椅上坐下。不必说他是我的同类。他对着大门，有一搭没一搭地呷纸杯内所余无多的液体。4 个女士叽叽喳喳地进来，在和我邻近的两张圆桌旁边坐下，说过分流畅的俄语，听起来像吵架。一只支颐的手上，一只镶嵌祖母绿模样椭圆玉石的大戒指，一柱阳光透过戒指，使得墙壁晃动一痕迷离的绿色。十八九岁的女郎进来，坐在老者对面，吃一块从外头买来的披萨。

她和四位操俄语的女子是朋友，走过来说闲话，都说标准的英语。我不能不惊叹世界的多彩。

门口进进出出的，未必是星巴克的顾客，许多是从这儿进入或离开“梅西”的。隔壁就是“梅西”的化妆品部。推婴儿车的妈妈不必说话，前头的绅士马上替她们把住门。

老者的伴侣从“梅西”回来了，拿过他的咖啡杯，喝了一口。我的视线和思绪分道而行，前者网罗多姿彩而和平的人间，后者萦绕着同事、孤独、老去之类的词汇。叔本华似乎说过，理想主义是萤火虫，它的光明赖黑暗以呈现。孤独亦然，但我一下子没能理清，黑色的孤独使得什么“主义”亮起来。

（2015年4月刊于美国《侨报周末》纽约版）

一副戴了四十七年的“口罩”

一

47年前的1967年，“文革”正酣，神州大地陷入灾难性的“红色恐怖”中。闹市遍布大字报棚，大标语举目皆是。学生满中国跑，要么徒步，要么乘免费火车、汽车，进行“革命大串联”。东方古国乱糟糟的，红卫兵声嘶力竭地念语录，处处充斥着语录歌和口号，被押着游街的“牛鬼蛇神”敲出的破锣声，火药味和武斗的血腥味兼具。说到“时尚”，就是旧军装，红卫兵们无论男女，都以披上一身草绿色为荣，腰间一条能随时解下来抽人的铜头阔皮带尤其醒目。还有“次流行”——年轻女子们戴口罩。并非为好看，而是因为某些地区流行乙型脑膜炎，据说抽烟和戴口罩能够预防。男孩子选了前一种，女孩子选了后一种。

那一年满街都是口罩，但只有一个留下了长久的悬念。那是初春的县城，西伯利亚的寒流来袭，北风呼呼，气温降到5摄氏度。街上的行人都穿上了厚厚的棉衣。本来，此前的1966年我们高中毕业了，都在准备7月高考的，中央通知停课闹革命，升大学的希望破灭。老三届学生都留在学校，破“四旧”，斗校长和老师。大半年过去，狂热稍减，养活自己成为当务之急。碰巧印刷厂赶印小红书（语录本），急需一批临时工。我和金等同班同学被录取，我被分到校对部，逐页检查语录。金在生产车间，随师傅学习切纸，叠纸。金和我的关系，比“同学”深一层，在进入印刷厂前，我参加了由他创立，连他这位“司令”在内共3名成员的“鹰击长空战斗队”，唯一的“战绩”也和印刷厂有关——金去军管会弄到一点儿钱，印了一期《战报》，内容是“特大喜讯：叶剑英同志说毛主席能够活到150岁！”我们从印刷厂拿到带油墨味的一大沓，站在台西路街上的天桥，往地下撒，白色的纸片如雪花飘扬，我们高高地昂起被冻得通红的鼻子，豪迈了5分钟。

金是学校的体育明星，个子接近1.80米，举凡排球、篮球、跑步、跳远、跳高，都是全县中学生中最出色的。他在县运会的“剪式”跳高纪录，据说保持到今天。要是有高考，他进体院的可能性高达100%。他在这方面的优势，进印刷厂以后依然用得上，不但成为厂队主力，还能够进关键岗位学技术，比整天对着同样内容的校对工强多了，尽管工资没区别——一天四毛，比当今的“五毛党”差一毛。

“金有女朋友了！”干活的间隙，一位和我一样边打呵欠边翻页的同学传来悄悄话。厉害！大家不能不又是佩服又是嫉妒。都20岁上下，“有女怀春，吉士诱之”，双方都蠢蠢欲动。可是，谁敢走出第一步？唯独运动场上叱咤风云的大个子抢得先机！他的“她”，也经口头而非互联网“人肉搜索”获得初步结果：在侨中念高二，大串联时认识的。

一个严寒的夜晚，我们去大剧院看外地一支“毛泽东思想宣传队”演出。左不过又是“大批判战歌”“老少学毛选”“老房东查铺”“紧跟毛主席走遍万水千山”。八角楼的灯光——最激情的旋律、最耀眼的红色、最夸张的姿势。唯一的好处是暖和，那年代连火炉也是奢侈品，然而这个被改名为“红太阳”的剧院内挤满了观众，“人气”可用。金本来和我们坐同一排，中途他对旁边的同伴说，我有事先走了。一个机灵鬼看着金的背影，用手肘戳戳我，诡秘地说：“她来了！”

我和几位同学旋即站起来，穿过人丛，到剧场后方去。金在哪里都是鹤立鸡群，一下子就逮到，他站在离入口不远处。我们不敢靠得太近，怕金难为情。果然，一个女子向金走来，两个人一起，走进门外呼吼的北风中。

戴着口罩呢！金的女友，脸孔被长方形白色纱布遮得严严实实，只露出两只忽闪忽闪的大眼睛。两三个纯然为好奇心所驱使的家伙废然走开。看罢演出，一路吸着清鼻涕，往学校宿舍走，没人说话，都在猜被口罩遮住的谜。她的名字，我到40年后才知道——燕。

岁月悠悠而逝。金和我同是有城市户口的知青，1968年冬天下乡去，但我和他的住地相隔数十千米，并无交往。唯一的一次，是1969年冬天，即躬耕垄亩的第二年，我去金的家乡买黑市稻谷。夜间，金领我和另外一位同学，去拜访在校时当过造反兵团“司令”的同学。比我们都年长的“司令”，从“文革”派斗起就以寡言获得“高深莫测”的美名，在这次类似革命志士敌后接头的聊天中，提出一个惊人的观点：15年中国必有翻天覆地之变，姑且静观。那一年，中共中央刚刚开过“九大”，“文革”派炙手可热，中国依然处于沉沉黑夜，谁敢指望转机？又凭什么是15年？和“司令”告别以后，我和金在披着白霜的田野里漫步，默默无语。这时，金还没和“口罩姑娘”结婚。他和我一样，都忙于应付比恋爱更加急迫的问题：活命。

接下来，和金有关的记忆也只一桩：20 世纪 70 年代中期，我被招工，在县城的劳动部门当最低级的文书。好几次，我随局长去县机械厂调研，路过厂内堆满废铁的空地，金在挥动 18 磅的铁锤，敲碎一坨坨生铁。这是超级沉重的体力活，他以临时工的身份承包。我站在一旁看。这位全班块头最大、最壮实的体育健儿，戴一顶破草帽，裤腰拴一块汗迹斑驳的披肩布，一边和我说闲话，一边挥锤，赤裸的双臂上，成棱的肌肉上闪着汗水的光。

二

在中国，一群出生于 20 世纪初的作家，晚年为自己的平生著述作总结时，只交得出“头尾集”。他们出道在解放前，那是青年期，处女作、成名作、代表作，多半成于彼时。解放后在一连串的政治运动中遭受“洗脑”，惊魂未定；1957 年更陷入阴谋的陷阱，成为右派，被送去劳改。20 年以后归来，垂垂老矣，勉为其难写下一些怀旧之篇。富于创造力的中年偏偏交了白卷。

我和金夫妇的交往，也是“头尾集”。进入晚年以后偶有往还，却没机会深谈。他和昔年的“口罩姑娘”携手走过的漫长人生，我直到最近去纽约，住进他们位于布碌仑区的家，在路上、在早餐桌、在茶楼、在面对大西洋的公园栏杆前，经过一次次毫无顾忌的交谈，才有了较深入的了解。那年在剧院大门旁，如果她不戴成为数十年悬念的口罩，我看到的肯定是鲜嫩艳丽的容颜。那一回，两个青年人在我等好奇的目光下消失，一前一后走出剧院（在街上不敢牵手，挽臂），可能骑上自行车，回校，回家，或者到别的地方幽会（不会浪漫到哪里去，无非是各自低头，有一搭没一搭地说话，最后进小馆子吃便宜的云吞面）。那时所展开的，是人生的全部可能。她的羞涩，他的拘谨；她的矜持，他的热烈；她的欲拒还迎，他的步步紧逼。在价值混乱、人生观于理想与现实的夹缝遭受剧烈撞击的时代，他们的爱情面对着诸多世界性烦恼，如满天下的革命高调和青春的走投无路，轰轰烈烈的群体造反与个人经济条件的极端困窘，初恋的秘密憧憬，关系尚未明朗之时的权衡，对前途的迷茫。

如果“口罩”是“门”的隐喻，那么，我住进他们的家，便是“入其堂奥”。从剧院离开那阵，他们的恋爱刚拉开序幕，谈了好几年，到1972年才结婚。“我出嫁以后，到了‘三朝回门’（家乡风俗，新娘子在成亲后的第三天，要带上糕点和三牲回娘家拜祖先）那天，一早，金的妈妈不大敢看我，一个劲地说对不起，多多担待。我回房间打开婆婆放在礼盒上的红包，才一块钱。我明白了，她搜遍家里，只拿得出这么一点，感到万分对不起亲家。”燕当笑话谈起新婚的穷困。

“我回到家乡务农，人家上山打柴，一天挑一担回家，我一天打两挑。不但凭力气，还要脑筋，我找到一处山草特别丰茂的山谷，独自开辟一条小路，上下又快又稳当。柴草卖给开瓦窑的生产队，一天能赚五六块。换成大寨式工分，那要出勤半年。”金说。“有一回，卖了柴草，拿到8块钱，总算给两个孩子添上崭新的冬衣，弟弟一直穿哥哥的旧衣，这一回，小家伙穿上新衣服，好几天不肯换。”燕在旁边插话。

“结婚三年后，我和县机械厂签订合同，承包分解废铁。废铁是从省城的钢铁厂买回来的，熔化以后作为铸造原料。废铁体积太大，炉子盛不下，也无法熔化。我要干的是把铁块敲碎，这活计，正式工不愿干，临时工没力气干，才发包给外人。烈日下挥铁锤猛敲铁块，这碗饭几个人能吃？我连给钢錾淬火都学会了。收入当然高，一个月扣掉上交生产队的承包款，自己拿二三百块，那可是一个国营工厂二级工半年以上的工资。”

三

1989年，年过40的金和燕带着3个儿子移民纽约，至今25年。他们又是怎样走过来的呢？新移民的弱项他们都有：没有起码的经济基础、不通英语、没有文凭和拖家带口。但是，他们拥有无往不胜的利器：责任感、勤劳、节俭。

金很快找到喜欢的工作——铺地毯。替老板打工不到一年，便自立门户。起先一个人干，驾驶着花250美元买来的破旧箱型车，在纽约各区和新泽西纵横捭阖。“我进过3000户人家，这个纪录未必有同行能破。”金谈起当年的经历，“我经手的地毯，保证不起波浪，边角永远平正。在新泽西州的杂志登小广告‘江师傅铺地毯’，附上我的照片。一些客户给我打电话，说‘看照片知道你这人信得过’。话里有话，意思是认定：我已老到不好意思骗人。旺季，一天我要赶五六个地方，压根儿没工夫吃饭，只好在路上解决，饭盒搁在方向盘后面，趁红灯亮那二三十秒钟往嘴里塞几口。”

有一次，金驾着奔驰车和我在曼哈顿漫游。他说：“这个地区的房产是全纽约乃至全美国最昂贵的，交通也最堵。许多街道连装卸货物都不允许，更别说停车。接到活计，首先要解决的是停车问题。我常常这样干：先找到距离最近的停车场，如果已停满，就给停车场经理一点小费，把车钥匙也交给他，车停在场地旁边，待到有车位时再由他开进去。我和临时雇来的小工（活多时，我一早去布碌仑八大道的黑工聚集点，拉上个把墨西哥小伙子），用手推车推着地毯和工具，一路小跑，到摩天大楼去。香港渣打银行购下的茂源大厦，至少有20层，数百个房间的地毯，都是我负责的。”

燕主内，三个儿子上中学以后，她进车衣厂当单针工人。标准的中国人作风，传统的台山家庭模式。金从前用敲铁块的大锤，如今用铺地毯的打钉机，具体而微地诠释成语“胼手胝足”。而燕，以台山女性名闻天下的柔顺与体贴，把“相夫教子”的内涵挥洒到美丽极致。（和出国前的金在汽车销售公司共事多年的朋友告诉我，别看金人高马大，在外头男子气十足，回到家必乖乖地听老婆大人使唤。）在他们的家，我一次次地对着早餐桌上方所挂的大彩照凝神，那是二儿子举行婚礼时拍的，和老子一般挺拔壮实的三个儿子（都在美国完成大学教育，其中一位毕业于常春藤名校康奈尔）和新娘子以及大媳妇一起，簇拥着家长——穿晚礼服的金和穿长裙的燕。我说，这照片要是在江氏祠堂展示，“一门四虎”可要羡煞众乡亲！

在布碌仑东34街的江家，早上喝着主人泡的哥伦比亚咖啡，看着窗外的蓝天和绿树。遛狗的戴小圆帽的犹太人，从门前经过。对面的小学校，正在放暑假，一派静谧。我的心头一次次地涌上赞美的冲动。

我和金，从同一座课室走出来，论背景、身世、经历，颇多相似之处。我在太平洋畔，他在大西洋滨，分别走到堪称安稳的晚年。是开放的、仁慈的新大陆，让我们完成了人生各阶段的责任。

一个星期以后，我、老妻和金夫妇道别。自此，一个口罩所覆盖的故事，有了清晰的脉络。当然，我了解到的，只是生命之树的主干，至于丰茂的叶子，一片片自有迷人的细节，来不及披露。但可以肯定地说，金和燕的结合是美满的，人生是成功的。想及我们一代新移民，在异国从飘零到安定，漫漫长路的悲欢和期许，不能不热泪盈眶！

（2014年7月刊于美国《侨报》）

他的弥留

他知道，自己的大限已近。

刚才，重症室的医生下了通知，让护士把他推到楼下的透析室去。这是常规操作，近两年来，他因患了严重的肾病，每星期三次到医院去做血液透析。每次都教他筋疲力尽，回到家要休息半天，才有力气到电脑前坐下写作。这一年哮喘发作更加频繁，透析时要在旁边加设氧气机，帮助呼吸。不做透析，血液里的毒素无法排出，便会引起致命的尿毒症。这些常识，他岂能不明白？可是，他明确表示：不做。尽管声音很小，但态度十分坚决。他进一步要求，把身上所插的管子全部拿走。护士获得医生的批准后，熟练地动作，满足了他的全部要求。

终于，他脱开所有束缚，自由了。他在病床上闭目养神。家人围绕着他。他患病前身子壮实，如今萎缩了，体重不到 40 斤。他睁开了眼睛，精神是少见地饱满。他的嘴唇张开，要交代后事。这该是最后的福气，多少人临终时痛苦万状，在谵妄状态失语；猝然撒手者更是来不及。他却是神志清明，脸相一片祥和。

三天前，他在太太的陪同下，去医院做血液透析。回到家以后，下了车，他对太太说：“我累得不得了。”太太说，那就别上楼，把他搀进书房，让他在小床上躺下。他睡了一觉，体力似乎恢复了一点，在太太的帮助下，登楼梯到二楼去，20 多级楼梯，今天难似登天，最后一级，爬不上就是爬不上，太太连抱带拖才帮他完成了。这天，他什么也不想吃，早早就寝。第二天早上，太太问他想吃什么。他说吃麦片。麦片煮好了，但他说不想起来。太太说，那就躺着喝点。他叹口气说，算了。这时，他对太太说了真实感觉：下半身完全麻木，不再属于我。太太马上给女儿打电话。女儿说，打“911”救援电话。救护车在三分钟以后开到，把他送到圣玛丽医院。

在急救室，医生抽出五包腹水，鼓胀的肚皮瘪下去了。但接下来的诊断是：肝癌晚期。要不要做手术？他果断地决定：放弃治疗。与其浪费资源，拖累家人，不如爽快地了结。

即将远行的人，逐个逐个地和亲人告别。太太梁坚坐在床边，握着他的手，爱抚着他裸露的青筋。“这辈子，和你一起，吃遍甜酸苦辣，我没有遗憾了。”他无限深情地说。太太连连点头，泣不成声：“我也……也很满足。”

是呀，没有遗憾！且一同回望超过半个世纪的姻缘路，风卷云舒。他和她是同乡，少年时期在家乡广东斗门的小村已认识。他16岁那年远渡重洋，到了美国。她随后也来到旧金山投靠父母。两人到了20多岁，青梅竹马变为花前月下算得上顺理成章。但她的父亲反对女儿嫁给他，理由是他不但穷，而且是危险的“左”倾分子。她岂能不晓得？他长期受包括联邦调查局探员在内的右派势力盯梢，威胁，打压。可是，她就是喜欢他的特立独行，有担当，有激情。结婚以后，两口子当侍应生、花农，开小餐馆，底层的苦辛受尽。虽然百般节省，可是，工资到手很快就不见了。原来，他把所有资金拿去办报，这是他卓尔不群的美国梦。1972年，他凭着一台花200美元买来的旧打字机，创办中英文周刊《时代报》，集记者、编辑、排字员、印刷工、推销员、送报人于一身。创刊号的头条是尼克松总统访华。纽约的《美洲华侨日报》面临迫迁，危在旦夕，向全美的左派朋友求援，他把夫妻从牙缝里抠出来的全部积蓄——3000美元全部捐出。她看着只剩几角钱余额的存折，苦笑着认了命。几年过去，她咬紧牙关，瞒着他，好不容易才攒到3000美元，下决心买房子。看中了日落区的一栋，他也很喜欢，因为楼下有书房。付了订金，头款加过户手续费，共要4000美元，告贷无门，好在业主发了慈悲，借出1000美元，才成交了。一辈子就买这一栋，但在办报最艰难的时期，他走投无路，打算拿它作抵押物，向银行借钱。好在，计划没来得及实行，他所创办的《时代报》关了门。晚一步，夫妻难免流落街头。20世纪80年代，有一年，他凭着翻译官方文件，拿到4万美元酬劳，他以这笔相当于半栋房子的钱，购买了一台印刷机，从此印报不仰赖别人。然而，也是他，素来以慷慨著名，经他担保、资助来美留学的年轻人数以十计，他从来不求回报。由于他这个“经济担保人”名字出现得太频繁，引起美国驻中国领事馆签证部的注意，有关官员找他，问他为什么一次次地冒风险。他说，让尽可能多的中国人来美深造，是中美两国双赢的好事，只要美国不改变政策，他就不会停下来。梁坚一直默默无闻地支持他冒险、闯荡，从办《时代报》到办《美华文学》杂志，她都是最勤快的打字员和编辑。

没有遗憾，就在两个月前的10月13日，在旧金山的中华文化中心，他获得“回馈社区终身成就奖”的崇高荣誉。和他一起上台，接受“奉献社会终生成就奖”的联邦参议员黛安娜·范斯坦（Dianne Feinstein），当场赠送一幅1984年访华时所拍的合照给他，那一次，范斯坦以旧金山市长的身份首次到中国，他作为首席记者随行。

没有遗憾，他平生至为看重的写作规划：完成记载在美华人百年命运的长篇小说系列“异乡三部曲”，其中的第一、二部《奔流》和《狂潮》早已出版，第三部——20多万字的《巨浪》2011年5月终于脱稿。那已是靠洗肾维持的风烛残年，他“趁病魔打盹”，每天趁精神能够支撑抢写两三个小时，终于大功告成。和这部以华人精英通过竞选昂然进入美国政坛为尾声的气势恢宏之作同时问世的，是由宗鹰先生主编的黄运基作品评论总集《有话要说》。“该做的都做了。”他在给到他家庆祝新书首发的“美华文协”同人们送出签名本时，欣慰地宣告。

“小坚啊，知道我这辈子最爱的是谁吗？”他的眼睛此刻如此明亮。母女都不由自主地靠近他，“是你妈。”

“那我呢？”小坚假装“吃醋”。

“你有老公——”

三个亲人都笑了。最凝重的“永别”气氛中，唯一的轻松时刻。

80岁的梁坚没有语言。有这句话，满足了！携手的一生，就一个字：爱。

“还有什么事没做完的，我替你做。”她说。她知道，他在写完三部曲以后，把从死神那里赢得的时间，用到赶写另一部长篇《情锁金门》上，每写完一章，他就打印下来，让太太提意见。

他勉力摇摇头，但神情并没有痛苦。“故事和人物都在我脑子里，陪伴我好多年了，算了，留点缺陷——”

然后，他要和独女谈。接下来，和两个外孙谈。美国出生，小时候在外公教导下能背许多首唐诗的少年，知道这是最敬爱的外公最后的叮咛。外公低声说着流利而简洁的英语，少年一个劲点头，泪水叭叭滴在地板上。

该交代的都交代了。他要亲人离开房间。梁坚说：“我留下来陪你好不好？”“不要，我太累，你在这里，我又得说话，你也要休息。”

他闭上眼睛。次日早上 7 时，他停止了呼吸。这时，晨曦照进雪白的病房，一片宁静。

他，就是我们敬爱的黄运基先生，这位为中美友谊、移民权益战斗一生的报人，为海外华文文学奉献一生的著名作家，《美华文学》杂志社创办人和名誉社长，美国华文文艺界协会名誉会长，于 2012 年 12 月 21 日病逝于旧金山，得年 80。

（2013 年 5 月刊于美国《侨报》）

候诊室遐想

休息日。早上，从书房望向后院，老天灰溜溜的。自家的柠檬树、贴邻家的藤蔓、对门邻居晾在阳台下的花衣服，都没多少生气。然后，雨来了，斜斜地挂满一扇窗子。本该待在家里，作灰色的诗或者随笔，可是，必须出门，到诊所去。

据自我感觉，我能吃能喝能睡能干活能小跑，一般而言不脱快乐，遇上这般晦气的天气，压根儿没想自杀，无论肉体还是心理尚算健康。可是，近来太太老说我瘦了——“看你的下巴尖的！”非要我去检查不可。主持中馈的人物说的话不可不听，两三年前，我也是无缘无故地消瘦，还一味自我感觉良好，好在有一回太太坐上我的车子，发现我握方向盘的手微微发抖，催促我去看医生，果然查出“甲亢”来，服药半年才好了。可见，“健康男人背后必定站着一个女人”一说，比“成功男人背后必定站着一个女人”更具权威。这次，她说，怕“甲亢”又犯了，不然是糖尿病什么的。我却不当回事，拖拖拉拉。太座火了，说：“再不去，我请假到诊所去，替你讨检验单。”

撑着伞，走到街上，打开车门，坐进开了13年的本田，竟想起国内一幅漫画：在公厕门外，低眉哈腰的男士向大腹便便的男士说：“局长，你这是亲自来呀？”积宦至“局座”，“出恭”也不能由人代劳。既如此，连“局座”以下的科长、股长也没当过半天的区区，跑诊所岂能假手他人？

走进医生的诊所，两行长椅上，坐满了和我一样“亲自”来看病的人，清一色的同胞。脸色都难看，都沉默，都满怀心事，一如外头的老天。暗暗叹气，“生意兴隆通四海”在别的行业是绝顶好事，放在诊所却倒霉，尽管使得医生“财源茂盛达三江”，但难免会都患上流感吧？前天纽约的朋友来电话，鼻音浓重，一如哭了三天丧，说：“半个纽约都在咳嗽。”我走近挂号台，告诉接待小姐，想拿一张验血单，她要去我的健康保险卡，请我等。记得过去来这里讨一张类似的单子，“立等可取”，到了新世纪，升格为“坐等”。

一眼扫过长椅上恭候护士传召的病人，没发现空当，只好斜靠着柜台。臂弯下的雨伞，嗒嗒滴下水珠，接待小姐皱了皱光洁的眉头。我赶忙离开，到门口去。顺手从报架上拿下今天的英文《纪事报》，就着廊下的日光灯，翻起来。“没有新闻就是好新闻”，新闻版尽是晦气事：日前因直升飞机失事殉职的二旧金山警察昨儿出殡，场面备极隆重；劫匪趁上千警察参加上述丧礼，大钻空子——昨天旧金山市内银行劫案六起；旧金山商业区停车场调高停车费38%；马林县《独立报》一曾采访凶杀案嫌犯、掌握线索的记者，因拒绝出庭做证，被法官科处以每天一千美元的罚款，直到吐实为止……

我边翻报纸，边留神接待小姐的动静，她敏捷地应付几乎没停顿过的电话，间或一本正经地把候诊者请进诊室。我还得等，便把注意力拉回报纸上。哈哈，终于发现可读性！那是专栏作家霍普先生的妙文。前天才从新闻中晓得，美国业已制成“和驾车人对话”的汽车，幽默家已经拿这刚出台的高科技开玩笑，专栏是这样的：

> 汽车制造商们，早已下定决心，非将人的日子弄得愈加复杂不可。这回，又弄出新玩意——会和人谈话的汽车。不错，我们开车时，有时断不了和车子说说话的：“得，开动吧，该死的！”车子从来不回应就是了。如今不一样，汽车可以收读电子邮件，报告股市行情和体育比赛的分数，还能指示你往哪条路上开。我的朋友卡般科刚买了一辆，迫不及待地向我炫。
>
> 他把引擎发动，对我说：“听听这个。”

“你有一封电子邮件。”车子说话。

“没骗你吧？”卡般科得意非凡地说，“凭这个，我再也不愁和外界失去联系了。”

随即，车子读出电子邮件的内容：“你这大笨蛋，今天一早离开办公室时，干吗不把‘佛顾孙数据’放在我的桌子上？”

卡般科解嘲地笑笑：“当然啰，电子邮件不全是好消息。”

“你新入的100股‘格立托企业’股票，买价17，此刻上升两块三毛六。”车子发出报告。

卡般科又快活起来：“就是嘛，有了它，什么重要事情，都不会漏掉。”

车子又发言：“下一个十字路口，呼楼客路，请转左。”

卡般科手舞足蹈：“真神！多亏‘全球卫星定位系统’，靠它指挥，任何时候，我开到哪个地方，车子都了如指掌。”

车子在发话：“你该向左转，却转了右。现在你沿呼楼客路西行，危险！一辆大卡车正迎面开来，会和你撞上。”

卡般科立刻拨动方向盘，转个U形弯。“怎么样？够厉害吧？这回‘全球卫星定位系统’救了我的命。”

“你又有了电子邮件。”车子报告。

“是什么？”卡般科不耐烦地问。

“办公室的电冰箱里头，还放着你的香肠呢，都长霉菌了，你不马上拿走，我们就拿它塞你的耳朵！”车子读出电子邮件。

“还不只这些，一些鸡零狗碎的事，如果是我必须做的，车子也及时提醒呢！没有它，可是寸步难行哟！”

车子说话：“最新体育消息，惠皮队42分，牛鹰队3分。”

卡般科说：“唔，赢了点，也输了点。你输给我二十块，钱呢？”

车子又说起话来：“你有电子邮件。”

卡般科耸了耸肩膀，不无忧虑地说：“说吧！”

车子读起电子邮件来：“亲爱的先生：到今天，你拖欠‘超级歌唱巨星’体育器材店的款已达90天，我们不得不将此事通知专收烂账的公司，由他们来和阁下打交道。”

卡般科听过，骂起娘来。

“注意，你的时速是48英里，这地段的限定时速是45英里。”车子发出警告。

“闭嘴！”卡般科吼了一句，引擎马上死了火。

这一天，我最后一次看到他时，他正站在一个十字路口中央，气急败坏地截计程车。

一星期过去，我和他在一家小酒馆见面，他已脱尽晦气，满脸是笑，告诉我：“我结婚了。我的太太嘛，是世界级的碎嘴鬼，不过，她这人比我的车子好。”

“这话怎么说？”我纳闷地问。

“她不像我的车子，我到哪里去，它都一清二楚。”

刚读完专栏，接待小姐叫我的名字。我应声趋前，穿白大褂的医生在旁边，正拿我的病历看。医生是香港来的同胞，人很和气，他问我："要验血？有毛病吗？"我略加解释，他点头认可，唰唰在检验单的"项目栏"勾下几处，便完事。我省悟了，这回医生先问病，再给检验单，是表示专业的慎重。难得的是，他虽"亲自"看病，却没按老规矩收 5 块钱诊金，可见科技发达的时代，中国人的人情味没给"进化"掉。

接待小姐接着交代："检验前 14 个小时不能吃东西。"

我唯唯答应，拿起检验单出门去。路上，我想，今晚该办的事是提早吃晚饭，饭后绝食。明天一早该办的事是验血。这等事，都须"恭亲"，虽然主要目的是使太太免于担忧。

我又想，汽车能说话，下一步，开车该也不必驾车人"亲自"了。好在，吃喝拉撒睡、做爱、生病、看病、验血，这些项目，在可见的将来，还须"亲自"。想到此，我居然为了我的车子不会说话而万分欣慰，一如我刚才在诊所看到的是医生，而不是电脑，心头涌上暖意，在倒霉的天气。

街上湿漉漉的，老天爷“亲自”下着雨。

（2000年1月刊于美国《星岛日报》副刊）

旧金山一角

离开生活了30多年的旧金山8个月，回来以后到处走走，一切照旧。也有小舅子不打灯笼的所在，比如，在交通要冲马松尼克大道旁边，名叫“城市中心”的购物广场内，专卖办公用品的连锁店被新的百货公司取代。今天路过，搜索枯肠，也想不出该买点什么。进门后，看到制服光鲜、胸章耀眼的店员们，我绕道而行，生怕受到过度热情的接待。左侧是星巴克，咖啡店和百货店二者是不是伙伴不得而知，但先咖啡而后瞎拼，或瞎拼累了以咖啡因“加油”，都是相得益彰的。我对着不远处的咖啡桌子，赞叹现代商业的“互动术”时，一个客人闯入视野——过膝的白色大衣，因为太旧或太脏，变成灰色，也许是雨衣。20世纪末的热门电视剧《神探哥伦布》中的主角，出场必是这行头。灰白胡子、瘦削、挺拔、50上下，自顾自地微笑。一看就知道是流浪汉。

20分钟以后，我两手空空，从商场的旋转门走出。人行道旁边一座“小山”，使我不得不驻足。不用问，是流浪者的全副家当，早已见惯，但它的顶部搁着一把吉他，于是有了特别的文化含量。马上想起，这一堆属于玻璃门后面品咖啡的男士。底部是一张尺码特大的轮椅，不知道是不是电动的，即便是，人不坐在上面，也无法驾驭。所有物件，只有吉他算奢侈品。主人四海为家，为了冬天，备下许多张或厚或薄的被单、毯子，其中有防水的。揉成一团团的衣服。一张绿色塑胶地毯，本来的功用是铺在露天过道防滑，充当床垫，即使床下流淌雨水，也能对付。一顶消防员专用帽，一把断了几根伞骨的大伞。几个鼓鼓囊囊的布袋，盛的可能是食物或日常用品。被子下，可能有酒壶、毒品、药物、翻破了的乐谱、干电池收音机。地面还有一个塑料桶，盛着刮子、洗洁精、抹布、海绵擦，这是谋生家伙。在交通繁忙的十字路口，趁红灯亮着，给车子擦窗，象征性地动几下，再笑嘻嘻地伸手讨钱。驾车人不给钱他也不恼，反而送一句“上帝保佑你”。

冲着这把吉他，我不敢把他归类为懒惰成性或者神经有毛病的畸零人，他可能是歌手或音乐人，乃至行吟诗人。今夜，月如柳叶，设若在公园的橡树下，他高坐坡头，自弹自唱，自得其苦与其乐。其声苍凉，在附近就寝的流浪人侧耳细听，不久，某个角落有人抽鼻子。中国古时的雅士，“今宵酒醒何处？杨柳岸，晓风残月”，只偶尔逍遥，哪像他，天天醉也好醒也好，在大厦户外楼梯的底部，在闹市的商店外，在金门公园的树丛里，在湖边的长椅上，适性任情地放倒自己。饿了，去教堂开的慈善饭堂。解手和洗澡，在公共洗手间。严寒天气，熬不住了，便搬进市政府为他们设置的庇护中心。当然，不可能快活到底，如果无家可归美好如天堂，市内房价就不会猛涨了。

归根结底，流浪人的潇洒和悲哀，局外人无从透彻理解。由此，想起一段典故：一位银行家警告英国诗人罗伯特·格雷夫斯（Robert Graves）说，写诗是不能生财的。诗人回答，既然“诗中无财”和“财中无诗”一样肯定，那么，两者也扯平了。

我向星巴克里消磨自定的“咖啡时间”的流浪汉投去尊敬的一瞥，继续走路。还没走到巴士站，巴士开出了。我意味深长地仰看驾驶座上的黑女士，她向我微笑，打开了车门。我跳上车，高声道谢。没有座位，只好抓着横杠站立，颠簸时手拿的报纸掉下，我没察觉，背后的女士好意地提醒我。我又道谢。随即想起，前天，也在这一路巴士，我落座之后看到前面的空座位上，有一沓带字的纸，是刚刚下车的白人遗落的。我走近司机，告诉他原委，他加了一点速，赶上人行道上疾走的白人，按了按喇叭，打开门，我向失主扬了扬手里的纸，他小跑过来，不迭地答谢，接过去。我来得及开个玩笑：“怎么才丢掉10万元？”座中有人大笑。如果这二者算得因果，就是小小“现世报”。

这桩事，和吉他的主人无关，但也是旧金山的一角风景。

（2013年5月刊于美国《侨报》）

早上七时

这时间，万物依然睡眼惺忪。步出家门，举目所见，大抵是老样子。拐角处位于车库门两侧的扁柏树，从来都是自然生长的，有如没梳头的村姑的浓密之发，昨天白天被主人精心修剪过，夜雾悄悄地点染一番，此刻何其鲜艳、矜持。像什么呢？一球球的蒲公英、一串串气球、一体碧绿。

这么早便出门的诸色人等，主要是为了上班，其次是锻炼，遛狗又次之，购物如我（买面包和报纸）更少。

候车站，穿牛仔裤的少女、抽烟的大妈、若有所思的西装男子，神情都偏于迷茫；被闹钟从酣睡或好梦中扯出，毕竟有点残忍。候车站旁边的托儿所，大门忙碌地开合，家长把孩子送来，按了门铃。蔼蔼的灯光、孩子的笑闹声，在门打开的一瞬漏出。

离家最近因此去得最多的杂货店，一个小时以后才营业。买报要多走两个街区。本区最大的咖啡店，门前一女工把人行道上被清空的垃圾桶推回店里，隆隆有声。小型超市门外用来放蔬菜瓜果的木架，坐着一个墨西哥男子，我向他微笑，他以西班牙语回敬一句"朋友"。这位华人所开店子所雇的"异族"，极为勤快，以手推车装卸，以手码货，一刻不停。此刻，他在等掌管钥匙的老板娘。这个时段，在商店密集处走动，不难见到这样的场景：守时的伙计和因睡懒觉而迟到的老板，前者比老板多了一点优越感。

路上总见到一对娇小的中年女子，看长相，其祖先应来自中国南方，她们交谈必用英语，必挎手袋，必并肩，必兴高采烈地辩论，必目不斜视。我揣测，哪个男人斗胆向她们微笑，擦肩而过之后，他必然成为被她们马上开涮的“贱男”。职是之故，我看也不看她们。迎面走来的还有一位身躯伟岸的洋绅士，按社交常规，若彼投来视线和微笑，是要回以点头、问好加微笑的。不料他故意不看我，我乘机省掉繁文缛节。走了一百步，一位站在门外抽烟的洋女士向我道“早上好”，我旋即把刚才攒下的友好倾出，回一句响亮的“您好！谢谢”。

说到这里，不能不触及华洋两造的“路遇礼仪”，如果碰到的是陌生同胞，照例不理睬，连对视也省略。明明知道，冷漠有害于早上的气氛，可是约定俗成，我试用洋礼仪无效之后，终于和冷漠群合流。

从人行道步下大街，一位白人女性驾车，车后排坐着两个小女孩。她把车停下，我指了指她车子的后方，意思是不必让。我从后面绕过时，向小女孩招手，她们回敬以这个早晨最明朗的笑。

救伤车在6个街区外吼叫，路上所有车子都停下让道。救伤车往海滨方向远去，呜呜的笛声本该渐渐消隐，不料笛声依然在附近盘旋。我好奇地停步，寻找。

哦，呜呜之声来自一只小狗！毛色驳杂的约克夏小狗，被主人牵着，在街上遛，听到救伤车的笛声，便仿效起来。我哈哈大笑。仿佛一轮旭日一刹那溶解了雾气，早晨被一只小狗定下明快的基调。

拿着面包和报纸往家里走，心里充满安恬。不是毫无遗憾，这么早出门，还有一个目的，找一份《观察家报》。这份免费周报，每个星期天早上，都被贪图省事的送报员扔在所有人家门前的人行道上。前天是星期天，我在家门口鸟瞰地上的头条——“96岁书店老板着手打造诗人街”。甚受吸引，拿进家来细读。当天出门会友，带上这份报纸，出示给诗人朋友，他干脆把报纸要去。我割爱的理由是，在家附近，肯定能够捡到报纸。昨天上午出门找不到，今天起得更早，还是渺然。

（2014年9月刊于美国《侨报周末》纽约版）

人间的“散点透视”

傍晚，在旧金山，出家门，走上对面的绿化带。我所在街道的得天独厚之处，是房屋只建在靠东一侧，靠西一侧遍植树木，草地如茵，说是公园也无不可，没有围栏、花坛之类就是了。才走了二三十步，透过花旗松的叶影仰望，同一个街区近街角的一栋，二楼的玻璃窗映着一个清晰的侧影，大礼帽、长胡子、黑西装。这富于个性的图像，是摄影还是油画？细看，竟是活人。想起来了，那是两个犹太教士（即“拉拜”）的住处，我多次看到他们进出。正统教派"哈瑞第"的信徒，服饰从来不变，总是深藏若虚，每次看到他们严肃到近于神圣的身影，大热天的周末也黑袍子、长筒袜和黑皮鞋，想必是去教堂从事拯救灵魂的神圣事业，我连招呼也不敢打。

"特别"就是看点。我欣赏这个侧影至少 10 分钟，直到背后吹来海风，提醒我掉过头去看比犹太教士更加庄严的落日。我蓦然省悟，这一长溜街道，不就是一张硕大的电脑屏幕吗？每一户人家是一格，窗帘打开的，是可以进入的；关严窗帷的，没有亮灯的，是不能打开的"黑屏"。我可以用视线随意"点击"每一格。

人间的散点透视，无所谓焦点，哪一个都是焦点。我有滋有味地看过去。刺绣"花开富贵"、电视屏幕上的央视综艺节目主持人、景德镇盘龙花瓶、兰草，尽管里面的居民都安坐在比窗台矮的沙发上，我看不到一个，也可以推测，这一家是中国大陆的移民；看摆设，定居新大陆 20 载以上。餐桌四边，团团坐着一家老小，笑语隐隐可闻，孩子对着电视机播放的足球直播举拳欢叫，和美的一家，该是土生土长的华裔。麻将台、缓慢走动的老人、徐悲鸿《奔马图》的复制品——空巢期的中国夫妇。三对白人青年男女在灯下，或站或走动，手里拿着啤酒瓶子，他们在开小型鸡尾酒会。走过三个街区，一群盛装的中东人，陆续下车，边走上人行道，边和在门口给紫藤架浇水的中年汉子说笑，然后，鱼贯而入。穿连衣裙的女士，小心地拎起一边裙角。我知道，这是一个隆重的家族聚会，为了某个亲人的生日或结婚若干周年。走得更近些，可以嗅到豆蔻粉的辣味，那来自金色的阿拉伯咖啡。

一路走，一路浏览。如要增加趣味，须“点击”想象力。在兰花吊灯下相对而坐的少年，可是兄弟？是不是西海岸名校“洛威尔”高中的学生？一个中年女子，苗条而柔软的身子有规则地俯仰，是在蹬跑步机还是在做瑜伽？一个露出半截儿的书橱，盛的是什么书？每一回总看到拿烟斗的老先生，面对大海凝望，落日早已沉没，看的是星星还是沙滩上的篝火？

我不知道任何一个窗户后面的家庭是不是幸福，他们的美国梦圆了还是破灭了。他们的事业呢？爱情呢？即便是见面必亲热地问好的贴邻，我也不晓得他的女儿有多高。好在，“夜深儿女灯前”的画面是现成的。我把视线的网撒出去，故意走远，把尽可能多的“小格子”收进视野。想起王鼎钧先生对美国家庭的比喻：中药铺里的柜子——每一格都各自为政，各有内涵，各有秘密，快乐和苦痛，明斗或暗争。不错，从来没看到喝醉的男人追打老婆，然而，窗户之后的卧室、双人床、电脑、电话，谁也难以穷尽各自的奥秘。

好在有和平，有从海风吹拂的窗帷边溢出的莫扎特和流行曲。我满足地走着。

（2007 年 10 月刊于美国《世界日报》副刊）

一地新闻

30 多年在异国生活，延续了一个习惯：早上外出买报。搬迁数处，卖报的，要么杂货店，要么 711 超市，都步行数分钟可到达。而且必在吃早餐时展读。从前，这么做是必须的，如今，有网络，有电视，但依然外出，意义不能不从“获得资讯”向“锻炼身体”偏移少许。

中文日报的价钱，从 25 美分看到 50 美分，人从中年到了风雨飘摇的晚岁。略具讽刺意味的还有，每个星期天凌晨，有送报员在我们这个社区每户人家的人行道扔下一份《观察家报》。它如今是免费小报，但从前是美国西海岸的堂堂大报。重要新闻，哪一家的报道都近似，拿起地上的报纸看就是，可是，偏偏舍近求远。

所谓太阳底下无新事，报纸的新闻，头条 99% 属于负面，今天的尤其晦气：“加州 22 岁愤世处男滥杀致 7 死 13 伤。”于我已是旧闻，昨天睡前从电视的突发新闻看到，没有那么多背景资料就是了。案发地是加州南部的一个大学城，看屏幕上的凶手照片，似乎具东方血统，心里马上涌起莫名其妙的爱国心：别是华裔，这黑锅我们背不起。哪壶不开提哪壶，报上说他的母亲，现年 53 岁，是在马来西亚出生的华人。且回顾一下，这几天的头条新闻，哪一条不血腥？乌鲁木齐恐怖袭击，39 人遇难，94 人受伤。在台北，21 岁东海大学学生郑捷乘搭捷运时，持刀在车厢杀死 4 人，伤 24 人。都是灭绝人性的随机杀人，都送掉不止一条无辜的生命，倒卧在公共场所的尸体触目惊心。

想当年，在越战胶着，各方造势最烈的日子，美国国务卿基辛格卖弄黑色幽默：“今天媒体上的新闻已够多，不会再发生什么大事了。”言下之意是，制造新闻的角色懂得“看菜下饭”，为了上头条而错开“办大事”的时间。不过，在资讯高度发达的现世，娱乐界确实为了“上头条”而煞费苦心。去年汪峰上头条遭遇“五连败”就是抢眼球的闹剧：汪峰宣布离婚消息恰逢王菲与李亚鹏婚变；汪峰在演唱会上向章子怡做爱的告白，撞上恒大夺得亚洲杯冠军；汪峰发表新作品，遇上吴奇隆与刘诗诗公开恋情；汪峰登海拔3900米的苍山，遭遇王力宏与李云迪先后公开自己的女友；汪峰推出三首新歌，遭遇电影《速度与激情》的主角保罗·沃克离世。事后，受不住围观者的冷嘲热讽，汪峰爆了一句：“去他妈的头条！”凭情而论，当事人汪峰未必有这么多机心，炒作者另有其人。不管动机如何，把重大事件弄成全民狂欢或无远弗届的震撼，则是新闻之为新闻的关键。

我拿着沉重无比的日报，往家里走。路上是一张张熟面孔。矮胖的老大娘拄杖缓缓走过，手里没拿什么物件，报纸和她无缘。贴邻的年轻母亲，打开车门，把5岁的女儿放在后座的婴儿椅上，小心地扣安全带。我向她们打招呼，本来，冲着如此晴朗的早上，她们会露出初阳般的笑容的，可是只有例行问候。我知道，当妈妈的心事重重，她的父亲患了肺癌，生死未卜。穿上在灯光照射时能发荧光的安全服的老夫妇，在对面的林荫下严肃地走路。这些，都不会爬上任何媒体的头条。人间的绝大多数老百姓，都和头条无关，何等幸运！

在街角，拐一个弯，前面是水泥铺的人行道，在上好的阳光下，展开悦目的白色。前面，每一户人家的车道上，都放着一份放进塑料袋的《观察家报》。风忽然大起来，我打了一个寒噤，地上的报纸一一变为南加州圣塔芭芭拉大学城内地面横陈的尸体。这意象是可怕的，我去年离开这里8个月，每个星期天送报员照扔报纸不误，幸亏我的连襟不负重托，每个星期一早上散步时都把报纸捡起来。不然，我家门前的车道，便会布满不少于30份的报纸。唉，可怕的新闻“尸骸”！

（2014年5月刊于《侨报周末》纽约版）

牙医诊所里的苍蝇

我躺在高大威严的皮椅子上，面孔正对着“赛夫委”超级市场。市场的楼顶停车场上头，是窄得可怜的天空，翳不像翳，雾不像雾，满天不知所云的云。鞋声橐橐，先进来一件白大褂，再是一双相当华贵的半高跟皮鞋，最后，露出一张由大口罩从眼睑下覆盖到脖颈的脸孔，那是助手小姐。她向我打过招呼，随即把椅子的靠背往地面摇，我向后倒，“赛夫委”消失，不知所云的云消失，一张白色的天花板徐徐升起，和我的身体约成八十度的斜角。我瞪大无辜的老花眼，塑料板嵌成的人工天空上，日光灯发着天真无邪的白光。

牙医还没露面，接待台上，电话铃单调地响着。忽然，耳边划过线般柔细的“嗡嗡”，我以为是耳鸣，正思量该吃哪种补肾丸——耳鸣源于肾虚。一只通体碧绿的苍蝇，在洁白的墙壁前盘旋。我苦笑，向着正滑翔的苍蝇暗说：“你没有牙齿，来这里掺和什么！”顷刻，苍蝇不见了，我闭眼，徐徐抽一口冷气，做好“受刑”的准备。自然，和其他牙科项目比较，我的刑罚小焉者也。论耗钱，要数安装假牙、镶牙、搭桥、种植新牙；论痛，数剥智慧齿，切断牙神经；论周期长，数切割牙龈。我此来无非日常保养：洗牙。怪不怪？医疗技术上的电脑化日新月异，简单的洗牙却停留在手工阶段，怪不得一位牙科博士自封为“小手工业者”。说来也是，一手拿金属钩，一手拿分币大小的内窥镜，在病人的嘴里鼓捣，和20世纪并无二致。以细钩刮牙壁牙床，痛楚和女人生孩子当然没法比，可是声音很具威慑力，因为响在离耳蜗才几寸远的地方。

女助手站在我的右侧，手里那管迷你喷水器，搁在我的左嘴角待命。牙医匆匆进来，向我点头说：“对不起，来迟了。最近感觉如何？”例行的废话，我张口受刑，无法作答。牙医才不管我的感觉是好是坏，是疼是不疼，钩子已直捣牙床。例行手续的第一道是逐个检查牙齿，一如打扫战场时清点兵员，牙医按预定编号一一念下去，那些术语我一概不懂，但可断定，意义为“完好”“健康”的个体凤毛麟角。不过，牙医的语气，与其说是专业性的冷漠，不如说是性情中人的喜悦。棺材店靠死人吃饭，牙医靠病牙吃饭。东方人盛产牙周病，所以上大四的青年同胞选牙科的日益增多。

牙医和助手的对话，被“刮刮”的金属声掩盖。这声音，教我想起儿时饥荒年月，那把在空空如也的铁锅中鼓搅的锅铲。嗡嗡又起，我雀跃，“似曾相识燕归来”，哈，把我的痛苦调离钩子的物件。牙医的口罩在眼前晃动，已进入“洗”的程序，老朽的牙齿和钩子作着拉锯战。我竭力把眼珠抬高，越过牙医的白帽子，追寻苍蝇的行踪。苍蝇飞累了，趴在头顶上的天花板上，我似乎看到它在交互摩挲两只前爪。然后，它在蠕动，该是在找食物吧？

牙齿的疼痛被钩子一点点挑起。牙医是世界上顶残忍的虐待狂，以逗引和把玩世人的痛楚为职业。他一边叮叮当当地敲打门牙，使之发出风铃般清脆的乐音，一边做有如最苛刻的文学批评家般的议论："脏，脏，每天刷牙没？""怎么不用牙线？""啧啧，看，唉，真是……"我噤若寒蝉。好在苍蝇也没发言。

日光灯的光晕洒在苍蝇的身体上，发出幽冷的光，一似牙医的金属工具。苍蝇变戏法似的，钻进天花板的缝隙，一分钟后又出现。这回，在透明塑料板的另一侧，苍蝇整个黑色的腹部和爪子，我在正下方看得十分清晰。它纹丝不动，在等候什么吗？在享用什么吗？倘若它直直地坠落，难保不进入我张开的嘴巴，进入喉咙。我忽然起了冲动，要央求牙医打开天花板，把苍蝇放走。

刹那，金属声戛然而止，疼痛虽然把时间拉得老长，过程其实不过五分钟，我松了口气，随即为腰包心疼，这家伙，活计太潦草了点呢！也难怪，这位脸孔白净、操一口流利港话的青年牙医，诊所近年来越开越多，好像有三处了，牙医专科又没有“分身术”一课，他每天或者隔天仆仆于途。扩展了，开销大了，只好靠多看病人弥补。多，便敷衍了事。别的项目不清楚，单就我领教过三四次的“洗牙”，他有如工于“装门面”的清道夫，只扫街心，不理边缘角落，放下工具，又赶到隔壁诊室去对付另一病人。飘扬起来的白大褂下摆，我没来由地将其拟为苍蝇的翅膀，这里停停，那里沾沾，洒脱且实惠。

出我意表的是，洗牙工程告竣，助手小姐递来一只小纸杯，蒙着大口罩的脸向我点点，又向洗手槽点点，示意我去漱口的时候，牙医出乎意料地耍了“回马枪”。他匆忙地进来，请我坐回转椅，再度草草地察看牙齿，说我缺掉的两颗大牙，该补回去。“采用新式的种植法，牙齿像生出来的一般，你不怕老来嚼不动猪骨头啰。”我点头表示同意。他又解释，我的牙医保险公司规定，这类手术须先做申请。“我先替你填写申请表，批准了，你再来做。”我完全拥护。他喃喃说着，我却心不在焉，眼睛对着天花板。

我临离开诊室，趁助手小姐埋头填写表格，向上睃一眼，苍蝇钉在老地方，老僧入定般。怪不得欧洲古典诗人荷马曾讴歌苍蝇的执着。但愿它不会死在这个充满消毒水味道，却不提供食物的地方。我悄悄扬扬手，向它告别——这小小生灵，在我的牙齿受苦时，是目击者和忠贞的伴侣。

（1999年2月刊于《星岛日报》副刊）

糕粉店里

旧金山市内老唐人街中心，有一家糕粉店，近20年前，我初到这里时，它已开业。老板是少年老成的香港人，我每次在街上见到他，他都是默默地迈着沉稳的步履，微低着华发未生的头，仿佛在思考庄严的哲学问题，教我想起爱在星光下散步的哲学巨擘康德老头。从前，它的生意好得不得了，门里门外，总排着长队。这么多年头过去，它的天蓝色大招牌已褪为灰白，却没换新，老板也许认定，此即老字号之为“老”

吧。老板仍没下野，我前两年进来买馒头时还遇到过，但他的动作缓慢多了，该奔 60 的人了。

今天，我进店去，为了买馒头。说来你不信，唐人街近年开的同类店面有三四十家，便宜到一块钱 4 个的馒头，迄今没哪家赶得上它的，雪白、绵软，滋味好不说，放进电冰箱一个月，拿出来蒸，和刚出屉那阵儿一个样。长龙没有了，原先从柜台前望进去，里头工作间人头攒动，点心工人忙进忙出，如今冷冷清清。转头看门外的招牌，似乎风雨飘摇。女性售货员，从过去的五六位减为二位。

顾客虽寥落，但还是要等的。我跟前一位老婆婆，买了满登登一大盒子包子和烧麦虾饺，兴犹未尽，缠着耐心的店员，声言要订下 60 个带胭脂点的寿包，供下月一个宴会使用。店员拿着铅笔，小学生似的舔舔笔尖，在订购单上一笔一画地记下姓名、住址和要求。另一位店员，在半人高的蒸笼架前弯腰，把白花花的馒头往大盒子里放，原来一位客人一下子买了上百个。剩下一位，进里头拿东西，好久没出来，我疑心她下班后有约会，赶在这间隙整理脸孔。于是，寥寥四位客人，都在鹄候。

我生平最怕排队，此刻却不失耐心，人这么少，花得了多少时间？我倒为先我进门的老爷爷担心，他的腿有毛病，一拐一拐的，跨过门槛时打了个趔趄，进店后上半身几乎趴在柜台上，可见他难以久站。我真想仗义执言，请店员先卖给他。老爷爷手里捏着的，才几个硬币，顶多是买两个烧饼罢了。老爷爷与世无争，不发一言，更加令人同情。

四个人都沉默地等待着。忽然，我的背后响起男子的嗓音，是带“三邑”乡音的广东话：“三个叉烧包，两个莲蓉包。”我掉头看，是精灵的中年汉子，刚进来，趁一体静默的空当捷足先得。碰巧进去许久的女店员踱出来，不知就里，便按他的吩咐拿包子去。我挺了挺腰，没奈何地白了男子一眼，没有发出抗议。太迟了。转眼间，他付过钱，接过包子，潇洒离去，临走时意味深长地扫视柜台前孤苦无告的“四人帮”，得意之情溢于言表。我向他傲岸的背影点头，祝贺成功。这世界，从弄艺术到买每个才四毛钱的包子，墨守成规都只有吃亏的份儿。唉，老爷爷，你还得熬一阵子哪！

我才向艰苦撑持的老人投去富于悲悯意味的一瞥，身后又响起新来顾客的声音，这回是纯正的英语：“请给我三块萝卜糕，半打菜肉包……”我赶快以不纯正的英语打岔：“这位小姐，我们在排着队呢！”说完，才转头细看第二位插队者：年约三十多，戴深度近视眼镜，文绉绉的，是土生的同胞。她倒从善如流，退后一步，规规矩矩地充当队伍中的第五名。

我付款时看了她一眼，她一脸不在乎。我是知道她的行为模式的，这叫“到什么山上唱什么歌”。在洋人社会，举凡乘巴士，进银行存款取款，使用自动提款机，进餐馆，进超市，她一定排队。因为在那些场合，她用的是洋尺子。她虽然不生在华夏，中国人“随俗为变”的灵活性继承得可好呢！类似的做派是：进洋餐馆按15%的比例给侍者付小费；进唐人街的餐馆呢，只给10%，哪怕侍者哈腰的角度近90度。

走出糕粉店时，我想：蕞尔小店，可以做多少文章？

从盛极而衰的点心生意，看唐人街商业的新陈代谢；从中年熬至老年的老板，看一代创业者的艰难。至于顾客，自有中式和洋式的区别。更细一点，中式含旧式和新式；或分大陆式、港式、台湾式。洋式，有真洋，进门便排队就是；有假洋，上述女士就是。那么为什么她不坚持真洋式呢？原因也简单：她晓得同胞都不高兴排队，能打楔子就打楔子，能抢先就抢先，既无法挽狂澜于既倒，何不同流合污？可见她虽不是地道的中国人，却是难能可贵的中国通。

（2000 年 3 月刊于美国《星岛日报》副刊）

纽约顶尖餐馆的架子

纽约有一家餐馆，名叫“阿兰·迪卡斯”（Alain Ducasse），以“全市最昂贵”为号召。在美国开餐馆，要紧的是来头大。这家餐馆的名字，就是身兼大厨的老板的大名。迪卡斯先生 1956 年出生在法国南部的农家，16 岁在酒都波都的厨师学校就读，从此入行。22 岁起当大厨，精研法式烹饪，“乡村风味”尤其擅长，1998 年荣获“六星大厨”称号。

凭这般响亮的招牌，它不端足架子才怪：一星期只营业5天——从星期一到星期五，这是第一奇。美国绝大多数餐馆，无论哪个档次，如果星期天不开门，星期六是不肯放过的，因为上班族趁这天出外享受美食，一星期中数这天生意最好。第二奇是晚餐，以“一轮”为限，只接待60到65位，客满即止，不干第二轮、第三轮。午餐，每星期也只做两天——星期三和星期四。设定限额的好处，是餐桌整个晚上都归同一拨客人，就餐者绝无紧迫感。别的餐馆呢，恨不得门前大排长龙，客如轮转。第三奇，价钱固定——每位的价钱为160元，菜单也固定，顾客不吃拉倒。你有备而来，先打电话预订座位了吗？那好，须在电话中报上信用卡号码，自愿让餐馆预扣每人150元，到时不来，订金被没收。这价钱，比一般高级餐馆，多出50%到一倍。

从小处说，这餐馆的贵族气派教人叹为观止，装潢典雅，富于艺术气息。还有，才60多个座位的餐厅，竟雇上55名服务人员，近于“一对一”的盯人式。侍者几乎无处不在，好在并非大轰大涌，扰人清兴，所提供的乃是经过严格训练的最正宗的法式服务，原则是：只有客人需要，才趋前侍候。客人离席一次，餐巾换一次，侍者从来不用手碰触餐巾，而是用刀和叉子。吃甜点也有专用餐巾，比吃主菜用的略小。种种繁文缛节，有时很教粗豪惯了的美国佬不耐烦。点酒必须在点菜之后，要咖啡必须在用过甜点之后，想往咖啡里放糖吗？对不起，顾客不可自己动手，必须由侍者代劳。女士就座，随身带来的小皮包须放在专用凳子上。其他细微处也见出匠心。比如，就餐前，专责供应饮用水的侍者，会送上6瓶不同品牌的矿泉水，任君选择。佐餐的，是自家烘烤的法式迷你型成条面包。

不过，它在纽约毕竟缺乏根底，爱凑热闹的纽约人，要没有一位著名食评家在《纽约时报》“餐馆专栏”煽风点火的话，对它还不会到如痴如狂的田地。食评家这般写道：“在‘阿兰·迪卡斯’餐馆就餐完毕，签写账单那阵子才叫绝，论时间，不消说是恰到好处的，侍者拿着一本灯芯绒布做的簿子走近，打开来，里头排着整整一打精工巧制的水笔。你振笔之际，要不产生类似于在强加上屈辱性条件的投降书中，庄重地签下名字时的感觉，难矣哉！”此文一出，纽约哗然，这家餐馆的订座专用电话响个不断，几天之内，订座的顾客达2700位，轮候期至少8个月，吓得餐馆不敢再接预约，生怕到猴年马月也排不下座位，若然，就得给订座者付赔偿金。

反常的是，这位食评家前去光顾，也自掏腰包。但凡名餐馆，和传媒打交道，怎会不极尽逢迎之能事？不过这一位，为餐馆写了文章，却没有白吃特权。也许他图的，仅是签单时那种“国家元首在条约上签名”的感觉吧。须知，供选用的钢笔无一不是世界级名牌：卡蒂埃、勃朗峰、古琦……这一顿饭，食评家一桌4个人，花掉近1500元；小费没算，按纽约人付20%的惯例，这一项又近300元。为此，他在食评专栏发泄道：“这次用餐，以奥林匹克运动会上掷铁饼者一般的劲道，一举打破以往的开销纪录——比最奢侈的那一次也多出好几百元。我顿生疯狂的兴奋，一如罪犯做了绝顶的坏事，自叹一失足成千古恨一般。”

不过，名餐馆不愧是名餐馆，那手笔绝非泛泛店家可以比并，且看最后的画龙点睛——每位食客，都得到免费礼品，计有：六瓶矿泉水，盛在不锈钢瓶子里；一张餐馆专用的酒单，要去掉蜡封才能打开。最为别开生面的，要数“餐后茶”，侍者推来一辆小车，车上载着一盆盆绿油油的植物，那是供泡茶用的各类芳草，侍者把盆栽拿在手上，从枝上剪下几片叶子，现泡现饮，其新鲜和独特，自不待言。

（1999年10月刊于美国《星岛日报》副刊）

“老”在“派对”

写下这个题目，兀自笑起来。以此宣告开“趴”（party）到老、到死乎？不是的，我要说的是，不参加派对，就不晓得“老”的好。好在哪里？借用孔夫子的“逝者如斯夫”，“老”是袖手水湄，看千帆过尽，看潮起潮落，却不踌躇满志，不激情燃烧；借用书的譬喻，老能把一张张封面一般的人脸，读成整本的书。

首先须有派对。在海外，社交网络大小不一，但在脸书、微信以外的非虚拟世界聚合不容易，要么在同学会、同乡会一类团体的年会，要么在私人的红白大事上。参加葬礼，诚然见到许多熟脸孔，但碍于气氛，不能高谈阔论，所以，于喜庆场合“读”人较为得宜。今天，我家开了个“红鸡蛋派对”——为女儿的二女儿出生100天举办小规模庆祝会。“为了让亲友聚聚。”老妻说。“红鸡蛋”云者，是每一席都放上染成红色的鸡蛋，这是弥月宴必需的点缀。

不过，中国人社区在派对菜单上的惰性彰明昭著，你应邀参加不同酒楼的10个婚宴，如果规格和价位相近，那么，类似于明星撞脸、撞衫的“撞菜”，发生的概率超过70%。其他派对亦然。好在，我的关注点不是筷子之下，而是鱼贯而入的诸色人等。

妻子那方面的亲戚：侄女B带着孩子来了。“和妈妈一般高了！”我惊叫，看着一张胖嘟嘟的脸，女孩已10岁。马上记起，1980年夏天，我初履斯土，闲来无事，领着年龄从1岁多到8岁的孩子，到住处对面的小学操场，爬滑梯，玩皮球。B是最大的。现在，她已过40。B的妹妹也来了，她是一儿一女的妈妈。那年在操场，数她最胆小，摔一下就大哭。B的弟弟也来了，下巴留着山羊胡，颇为老气，是我们来到美国次年才出生的。这三姐弟，两个姐姐是会计师，弟弟是律师事务所里的助理。

来宾越来越多。岳母在三姨妹的搀扶下进来。她今年满93岁，一身喜庆的粉红西装。三姨妹的儿子，说长就长，比他老爸还高，英挺淡定，一算也25了。而在一处公园庆祝他的1岁生日，是初秋9月，恍如昨天。二姨妹和独生女儿J来了，J的父亲移民前在香港当推销员，和我们同坐日航的飞机抵达。J于次年出生，如今33岁，是父母眼里的“剩女”。我的朋友来了，先是F一家子，F今年61岁。1983年前在香港当装修工人，经乡亲介绍认识来美的妻子，妻子从旧金山飞回香港和他结婚。30年间，他夫妻白手兴家，投资房地产，已购置10多套房子，家财数千万，但依然每天去公寓大厦当维修工。拥有科学和工程学两个硕士学位的大儿子，为了看望住进养老院，已满100岁的奶奶，从洛杉矶驾车7个小时刚回家，也被老爸拉了来。

园林造景师杰和太太来了，跟着他们的是宝贝女儿M。M可是我的“特邀”，父母和她自己，这些年都为找对象操心，我前几天对杰说，我一个亲戚的儿子也是单身，父母为他的终身大事愁死了，这次正好让他们见面，如果看对眼，就有戏了。看得出M是有备而来，得体的妆容，天蓝色大衣，模样端丽。我介绍她和B的山羊胡子弟弟认识前，贴着杰的耳朵问：“你女儿哪年出生？”“1976年。”我只好刹车，因为男子才34岁，相差5岁。

往下，进来的是岳母的弟弟的三个女儿。岳母说，她的高寿是弟弟们给的。大弟1983年因尿毒症去世，不到56岁。二弟在57岁死于癌症。大弟的太太也因肝癌，活了不到60岁。岳母的三个侄女，都60开外了。婚姻不好，老来依然单身，住在父母遗下的三层房子里。别看三姐妹身材都臃肿，却有不错的职业，一个是旅馆的财务长，一个是时装企业的销售部总裁，一个是旅行社的经理。旅行社经理带来一个混血儿。“这是丹尼尔。”她对我介绍领养的儿子。“哦，我上次见他，才几个月大，这么高了！”我说。这三位同龄人，中文都不灵光，但都能用结巴而地道的台山方言向姑妈（即我的岳母）问好。

女儿女婿的朋友来了，都带来了孩子，婴儿床排成了队。这些人和我不熟，但女儿不时和我谈及，底细多少知道一些。他们的职业，要么律师，要么心理咨询师，要么金融业主管。

人差不多到齐了，怕大家饿肚子，我吩咐领班把冷盘放上桌。我站着，环顾四周，窗外是加州南部温暾水一般的冬日阳光，远处是国际机场，一架架客机在跑道上滑行。人间一片和谐。一一审视每一张脸。不远处的一群格外引起我的注意，他们是岳母幺弟（我随老妻称其为三舅父）的遗孀和后代。三舅父去世已20多年。他的妻子和我同岁，在煤气公司任资深主管，财产不少。生下四个儿子。在我们移民的头几年，三舅妈与四个野小子和我们来往密切。当年在车上搅乱，打架，受妈妈责罚的小家伙，已到中年。

派对不就是人间的纵剖面吗？生年不同、性别不同、背景与境遇不同的人，排列在这里。不过，一如任何派对都不能涵盖全部一般。参加这个派对的，不是没有共性，那就是：第一代移民及其后代。论经济地位，都是中产阶级。既有别于为站稳脚跟，在唐人街的客栈租单间，以三层双层床安顿全家，手头拮据的新移民，也不同于纯然洋化的第三、四代及以下的移民。新移民聚会，交流纯以母语，“香蕉”们在一起，只用英语。眼下的派对，却是中英掺杂，各适其适。

再说细一点，便要用上一个参照系——国内。他们都温饱无虞，早已远离新移民难以身免的困窘和畏缩。他们都有了自己的房子、车子、股票，每年可以外出度假。青年和中年人，都有了稳定的职业。作为第二代移民，托庇于国人重视教育的传统，都有学士乃至硕士、博士学位。年幼的儿女都上学。都有了医疗保险。中产阶级在美国人数最众，华人社会亦然，只要来美时间超过10年，没有赌博、吸毒等不良嗜好，不必在商场冒险，一般打工者也可以跻身小康。眼前所有的脸就是中产阶级的“身份证”。

按通常的逻辑，和国内的中产阶级比，这里的同类，不必为了孩子的升学而行贿，且千方百计地筹措入学费用。家教是请的，但不会把孩子永远拴进功课的牢笼。他们不必为了食品污染、环境恶化而忧心忡忡。较为切近的头疼事，是旧金山湾区一连三年大旱，今年降水依然偏少，浇花和洗车将被禁止。至于言论自由问题，宗教自由问题，骂当官的会不会被抓进监狱，参加某个同人团体会不会被联邦调查局招去问话，他们想也不必想。进教堂和上酒吧一般天经地义。他们离政治很远，除却投票日。和“人权”相关联的一切，他们理所当然地拥有，使用，从来没有匮乏过，更没有因为运用天赋的权利而遭到排斥和惩罚。所以，不必和他们讨论这些你一厢情愿地视为“敏感”的低级问题，一如不必问“今天吃了没”。

你一定好奇，看起来如此快乐、轻松的场面中人，他们幸福吗？不能说他们水深火热。这样的生活质量，放在国内，如果还要抱怨，活该挨骂。何况，美国，是中国侨乡百姓一代代的“终极目的地”。到这里还不满足？那么，上天堂去！

在远看一眼以后，走进每一个人的私密世界，尽管艰难重重，但凭着“老”这资本，部分地做到，或者以瞎子摸象的方式，“摸”出不太离谱的人生“主干”，按说是可以的。

这个群体，在稳定的经济基础、稳定的婚姻和亲情之外，存在三大问题。

首先，是疾病的侵扰。我的同龄人都已进入花甲，逼近“古来稀”。症状轻的是膝盖疼、骨质疏松、银屑病。表兄刚刚进来时，我和他握手，问候：“没事了吧？”“好了。”他露出不好意思的笑，低下头。事因为前天他的尿道发炎，毛病小，却教他紧张至手脚发颤，连打电话给医生也拿不牢话筒。他坚决拒绝验血、验尿，怕验出“不治之症”来。“老”使得一个男人如此脆弱，算得匪夷所思。三舅妈的三儿子，刚交40，小时候最为壮实，外号“榔头”，如今胖得不像话，剃了光头，隐隐看到头盖骨揭开的痕迹，原来他因脑肿瘤动了两次手术。二姨妹的独生女，因口腔过敏导致神经失调，每晚失眠，连小学教师的职位也辞掉了，专心看病，找的是保险公司不给付的医生，看一次诊金要300元。

其次，是单身成群。年过30，依然没有对象的，触目皆是。他们的理论是：不能将就，结婚不久就离婚，岂不浪费生命？唯一成功“脱光”的是女儿的朋友大卫，41岁那年和离异过的越南姑娘结为连理。两口子甜蜜地依偎着。我过去道贺，正色地对大卫的“另一半”说：“明年，轮到你们摆满月酒了！”在心里另有疑问：她也快40了，能怀上吗？被父亲拉来这个派对的年轻人，叫里奇，在旧金山出生，如今从事美国海军机密系统的维护，军舰停在哪里，他的团队就到哪里，跑遍海内外，去年在旅馆住了330天。他在我旁边，和我聊他老爸的退休。他说：“60多岁这个年龄退休，是为了干过去没条件干的事，我爸要是不干活，不闷死才怪！”我问他有没有梦。他说当然有，三个。按重要性排，第一个，是要把舞跳好，他可是跟随第一流舞蹈家学过舞蹈的，拉丁、牛仔、国标，都拿得下。但不算出色，要苦练三年，才能达到上电视舞蹈大赛的水准。第二个，当脱口秀主持人说笑话。还想拍电影。第三个，修一个博士学位。不为饭碗，只为了充实自己。我旁敲侧击，把他老爸至为着急的事情端出来：成家。他说，我的团队中，结婚的都陆陆续续离了。我不干。男人怕什么老？女人过35岁难怀孕，这一条选择配偶时务必注意。

最后，事业和家庭难以两全。女婿最好的哥们儿数格兰，仪表堂堂的大汉，是一家银行的贷款部主任，年薪20多万，早过40岁，今天带上女友前来。女友38了，跨国化妆品公司的营销总监。两个人迟迟不敢结婚，更不敢讨论要不要小孩。症结在于：女方一年到头全球跑，“明天又得飞巴黎……”长相甜美的姑娘，捋捋长发，没奈何地对我女儿说。

好在，够老的人，随便从席间拣出一个来，都可以缕述他或她的过去。妹妹的大女儿，肚子挺着，三个月以后将有一个女儿。1998年她随父母来到这里，我问她：喜欢美国吗？她沉吟良久，才回答：“喜欢，弟弟临来那天，到塘基骑单车大半天，生怕到了美国没得骑。”她嫁了湖南小伙子，两口子存了10多万，要买下第一栋房子。我的母亲今年满90岁，老态龙钟，我把外孙女递给她抱抱，她摇头，怕抱不起。我对怀里的小宝宝说，你妈妈是老人家抱大的啊！

我神驰，我黯然，我渴望时间停驻，如果能定格于30年前多好！那时，我和太太领着上小学和幼儿园的儿女，和内兄、姨妹的儿女一起，玩得天翻地覆。而我的儿子，如今已到忧患中年，专心侍候3岁的儿子，为了儿子的午睡，提前离席。

然而，我总归欣慰，为了生命之流没有枯竭。为婴孩的降生举行庆祝，就是对命运宣告：家族的绵延如滔滔江水，不舍昼夜前行，不会断流。

宴会以后，送一位长者回老人院去。她是81岁的“浓姐”，太太的堂姐姐。浓姐的父亲解放前是共产党的忠实支持者，但土改中难逃一死，“文革”后才获平反。浓姐在国内是著名妇产科专家，“我做了子宫瘤5000例，创下纪录，写成论文，在国际学术杂志上发表”。丈夫不到70便亡故，她在异国安身立命，每天画画，跳舞，自得其乐。“我的人生使命早已完成，何时走都可以。”她响亮地说。“老”在派对，她才是典范。

（2015年2月刊于美国《侨报》）

清明飞絮

一

星期天，开车出门，先到面包店门口的花摊买下两束康乃馨，再接上岳母，奔赴旧金山南郊的“宁阳墓园”。

车穿过拱形牌楼，往山上看，人潮鼎沸，花和人的衣服，色彩特别纷繁，坡上的大路岔路，横七竖八地停满车子。硬着头皮往坡上开，和停着的、迎面开来的车几乎擦身而过，心惊胆战。我让妻子和岳母在靠近岳父坟墓不远处下了车，把车子开到山下停好后，再信步上山。

这时才有心思看天。“看天做人”是中国农民的朴素哲学。今天，一等一的扫墓天，没有阳光，密密实实的阴云，凝重的雾气在头顶罩着。清明时节“路上行人欲断魂”，来由一半出自“雨纷纷”。脸上洒满灿烂阳光，难以营造悲哀；另一半出自杜鹃鸟这一类专业号丧者。烟雨朦胧中，它一声远一声近地啼唤，牵扯阴阳两界的无穷纠葛，可惜这儿没有。此刻，满山笑语喧哗，与其说是慎终追远，不如说是踏青寻春。

二

午间，人流达到高潮。这墓园是专埋葬广东台山籍先人的，拜祭者当然是台山人，加上若干非台山人，例如娶了台山女子为妻的“洋鬼子”，嫁给台山人为妻的“洋人”等。

一行行地浏览墓碑，发现台山人事亲颇孝，生前不论，长眠此处的先人，几乎没例外地享到祭品。墓碑两旁的花，都是今年插的。没供花的墓碑极少。好些碑前充当供桌的石板上，摆着点心。该是最近上的。每隔几天，墓园的清洁工便把这些只会养肥老鼠和海鸟的食物清理掉。墓前烧的冥钞，是“地狱银行”发行的，一张的面额动不动是一千万元，站着说话不腰疼式的慷慨。

三

拜祭岳父大人的墓。碑后的柏树，年年如此偃蹇，没长高，也不凋败。黑色枝干旁边，游走着雾气，黑色果实散在四近。透过虬枝望开去，远处有清晰的阳光和娉婷的云影。可见阴霾只供墓园独家使用，你说洋老天爷是不是人情味足足的？

鞠躬如也。岳父的照片镶在碑上，今天看来格外慈祥。容貌愈老愈和乃父相似的内兄，从半山腰的水龙头提水来，灌在碑两旁专供插花的圆洞里。迟到的连襟赶在大家把一次性筷子伸进烧猪肉之前，把两杯酒酹在泛青的草上。

今年 87 岁、老而弥健的岳母，对着墓碑默然。它是按照唐人街的流行式样建成的伉俪碑。右侧是她的丈夫，左侧留下给她这位未亡人。她的名字和生年已刻下，死亡的日期尚待填充。为图吉利，关于她的全部文字和阿拉伯数字均漆为红色。面对如此触目的宿命，我不知道老人家心里翻腾着什么。面对死亡，是畏惧，是无奈，是坦然？她自始至终没有屈下身子。对自己的碑下拜，太滑稽了。

不难推想，过了若干年，她辞世之后，她的子女，子女的子女，子女的子女的子女，在清明，也像今天一样拜祭。这里，从天气到风景，从扫墓者的表情到供品的种类，均大同小异。别忽略刻板仪式所蕴含的深意，哪怕它不乏"贿赂"的市侩气，这可是阴阳两造的莫大幸运，没有和平，没有一代代的嬗递，没有后代的孝心，怎能维持？

余光中青年时期有一首充满好胜心的诗，写他死后，写诗的朋友来墓前拜祭。朋友说他的诗怎么好，他高兴；语涉不敬时，他在地下如何着急，想起而反击，可惜力不从心。以“好脾气”闻名闾里的岳母，到那一天，不会有谁来诋毁。

四

开始祭“五脏庙”。供品是内兄一家带来的：烧猪肉、烧鸭、烧麦、鸡翅膀、炒粉，是从门口排长龙的烧腊店和点心店买的；马蹄莲是从后院剪的。嫂嫂还亲手做了乡下人称为“鸡笼”的糍糕，但一律冷透，即使还热着，也味道全失了。冷雾缭绕，风声呼呼，筷子夹的面条有如冻成冰挂的鼻涕。我为了让主人高兴，勉强吃了两只鸡翅膀、一只烧麦。好在有水煮蛋，自幼到老，每次扫墓，供品中必不缺蛋。在家乡是奢侈点的鸭蛋，这里是鸡蛋。被清水煮熟的蛋，剥开以后变得溜滑无比，吃了两枚，手上的蛋壳不知怎么处置。连襟以专家的口吻说，放在供桌上就行。我迟疑着，问：“弄脏这里的环境，不难为清洁工吗？”他说，放心好了，并指了指旁边的墓地，果不其然，好些被扫过的墓地前，没有供品的残余，没有萎谢的花，但多有细碎的蛋壳，卑微的白色嵌在草里泥里，似融了一半的春雪。为什么蛋壳有长期陪伴先人的特权？问了好几个人，一律报以摇头。

我暗里说，但愿蛋壳入土的理由诗意一些，千万不要像故国的暴发户，陪葬品中有治阳痿的伟哥，有纸扎的二奶一类“新猷”，羞煞新入土的老男人。

五

读墓碑如进图书馆，一块碑是一本书。地下的先人，多少生前故事：悲欢离合、春风得意、骄奢淫逸、壮怀激烈，撒手之后，即使没有在遗嘱或银行保险箱留下财产，也留下家族延伸的里程碑。

忽然，看到一堆人，他们所拜祭的墓碑上，名字有点熟：“水步恒山村叶秋生”。记起来了，34 年前，我在乡村当民办教师，教初二（2）班的语文兼当班主任。班里一个学生叫洪洪，块头最大，脑筋最钝。开学三个月后，洪洪的父母来学校，向大家宣称，他们的宝贝在我的调教下，终于“开窍”。这一对在生产队老老实实地出勤、近于文盲的家长，此举带有十足的农民式狡诈，并非感谢我这么单纯，他们是在曲线报复上学年洪洪的班主任伍老师。伍老师三天两头告儿子的状，害得他们没脸见人，看我表扬了洪洪几次，便急着为儿子平反昭雪了。下一步，洪洪的母亲进学校找我，在紫荆树下的石凳上坐下，央求我代写一封寄给远在美国旧金山的父亲大人的信。这不稀奇，生产队赚的工分不值钱，侨乡百姓把希望寄托在“撕信角”上。洪洪的母亲30多岁，粗手大脚，嗓门大而带嘶。擅长使唤耕牛的洪洪他爸对她百依百顺，不但因为她泼辣，还因为她有一个正在“金山”发财的老爸。洪洪他妈把“趁墟篮”搁在地下，起茧的手使劲绞着一条沾汗的花手绢，思量良久，清清嗓门，带着稀有的庄严，说：“你这样写：你怪错女儿了！女儿怎敢得罪××叔？是他向我追债在先的……”我不晓得前因后果，不愿率尔下笔。她说她爸知道这事，要我放心写。这封信先解释父女间一桩发生在多年前的误会，最后才提到儿女小，家境艰难，欠了生产队多少秋粮款。我写完，念给她听，她的眼睛湿润，说：“加一句：女儿和父亲20多年没见面了，女儿想念你。”然后号啕大哭，吓得我握不住圆珠笔。这封信果然产生经济效益，叶秋生寄来80美元，这笔钱相当于全家在生产队干两年活的报酬。

我移民以后，在唐人街的同乡会，从“老金山”那里听到“叶秋生”这名字，知道他是下城某高层写字楼的清洁工。那阵子的感触十分奇特，洪洪母亲的家信上毕恭毕敬地问候、讨好的财神爷，原来和我，和成千上万移民一般卑微，他怎么承受遥远乡村一家子锲而不舍的求索啊！

我一直没和叶秋生见面，不是没机会，而是没借口，洪洪家并没有赋予我为他们当面请命的使命。如今已是人鬼殊途。墓碑上说，他在2003年去世，享年已过80。四五个人在墓前吃水果，可见祭祀刚刚结束。中年人该是他的儿子，即洪洪母亲的兄弟，年轻的该是他的孙子孙女。几个月后，我还从乡亲口里知道，这一堆人中，居然有洪洪那粗豪的母亲，如今70上下，我当然认不出来。她是四五年前移民来的，在唐人街的菜店和鸡鸭店打两份工，假日还去当保姆，拼老命赚美金，教我惊叹不已。

这么说来，墓碑和故土的关系，可堪玩味。“何处黄土不埋人”是中国式的达观。进一步，不妨将泥土当作疆界，碑石高出地面的部分，属于异国；埋进土里的部分，以故国为基座。移民一生的梦想、光荣、耻辱、遗憾，无不连接着两个家国、两种人文。

六

沿着靠北的边缘下山。这一边栽的是柠檬桉，白皮在阴惨惨的日光里闪着，剑叶在地上铺上厚厚一层。鞭炮零落地响。

这里什么都有，就是没有杜鹃鸟。哪里都有乡愁，偏偏这里没有。

（2007年3月刊于美国《星岛日报》副刊）

第二辑 感悟篇

两三个星天外

不饶岁月

不错，岁月不饶人，永远！我们来个针尖对麦芒——不饶岁月！其实，人就是岁月，岁月就是人，二而一，一而二的关系。岁月在我们的躯体内，我们的渐变就是岁月的嬗变。面对气势汹汹的岁月，我们曾经低声下气，哀求它网开一面，把白发、皱纹、老年斑，统统放过，以染发水、面霜和拉皮手术为价码。然而，没有作用。时间绝对能够打败我们；然而，一场一点儿也不对称的永恒的战争，难道非屈膝不可？不！

不饶岁月，因为我们有傲视它的资本。首先，岁月并非仅仅呈现在钟表上、挂历上、时报广场的倒计时上。若无春花秋叶、日出月落、节气季候，岁月固然了无痕迹；更重要的是，作为万物之灵的人类，亿万个时间的载体，所呈现的岁月无一相同。有了我们，才有了时间形而下的繁复和形而上的深邃。而最需要和岁月就“谁饶谁”谈判的晚年，乃是人生的精华和总结。岁月仰赖我们展示它的结果。其次，时间的长度和密度，在自然界是相对固定的，我们却赋之以弹性。它密如伍子胥过关，一个夜晚造出一头白发也可；长成烂柯山的斧头，下一盘棋的工夫，居然烂了斧柄，换了人间也可。它可变为亭子里悠闲的清茶，厨房里煎鱼的慢火。可以小路上牵小狗嗅花香的步履，对应高铁风驰电掣的速度。不错，青壮年时期，光阴鞭打快牛，被“时限”驱赶得气喘吁吁。可是，终于到了晚年这拐点：时间，你得听我调遣！

不饶岁月，因为“老”给了我们底气。岁月一似高原的水土流失，且看美国大峡谷，谷与河的蜿蜒，峰与壁的雄奇，其形成须以百万年为单位的地壳运动风雨剥蚀。在我们的脸上、手足上，只要数十年便可造就近似的人文景观。淘尽黄沙始到金，我们学会借力使力，让滔滔不绝的时间流水，把生命的累赘冲洗。对浮名的追逐、对势位的恋栈、对得失的计较、对恩怨的纠结、对肉欲的热衷，就是渐次脱离身体与心灵的沙粒和浮土。看到了吧，时间？我们虽然背驼，灵魂的脊梁却变回笔直，为了终于把欺凌我们大半辈子的“家累”，工作压力摆平。虽然步履缓慢，思想却有了飞翔的翅膀，看清世情，手握不动声色的世故，在你永不停顿地席卷一切，向前奔流之际，我们负手水畔，逆向而行，看你“无情”的外表下，那些洋相、那些荒谬、那些短命的狂妄。我们之中的杰出者，乃是雪山的脊骨，玲珑剔透，坚硬无比，时间对着它徒呼奈何。

不饶岁月，因为我们脚踏实地。且看头发，到了晚年，它悄悄地进行一场伟大的“造山”运动。我们以恬淡、通脱的态度，化解尘世的困扰。我们不复过多地关注“眼前”和“例外”，除非疾病侵凌，而较多地窥探永恒的奥秘。我们反刍足够丰富的记忆，从中爬梳出对未来具有警示或启发性的结论，力求后来者避开我们曾陷入的陷阱。我们把日历的“落叶”收集，拿来堆篝火，围着它快乐地唱歌。我们从事慈善、义工、奉献，做一个不留耻辱的人、不拖累别人的人。这么一来，不管我们身高多少，即便长期卧床，生命也有了雪线以上的海拔，白发成为山顶的积雪。这是平庸、卑贱一生的冠冕，而不是缴给命运的降幡。

不饶岁月！拐杖高举便是旗旌，轮椅疾行便是战车，老年的大军高呼齐整的口号，和时间并肩前行。

（刊于《侨报周末》纽约版）

人生“定额”

在纽约拜访一位景仰多年的前辈，在他朴素的家畅谈文学。从历史无情谈到人性的险恶与救赎时，他举了一个亲历的故事：一位曾在前线出生入死的军官和他聊天。前辈问他怕不怕死。他说开头怕，慢慢就不怕了。越到后来，心里越是踏实。战场不是老死人吗？军官笑答，正因为这个原因，只要死的不是你自己，我方战士死得越多，你生还的机会越大。说到这里，前辈苦笑。我仿佛看到战壕里的军官，在接到我方伤亡报告时复杂的表情，痛惜、愤怒、悲哀的底层，竟是“逃过一劫”的欣幸。我听罢沉思良久，试图理清军官的“你死我就活”的逻辑，姑且将之归类为虚假的心理安慰。不这般为自己壮胆，如何在尸山血海前保持心境的冷静和对生的希望？

再想下去，却发现这种思维具有普遍性。我们不是常听人说到探望年长者，“见一次少一次”吗？商贩甩卖稀缺货物时，抢购者也以“买少见少”为理由。作恶者有“恶贯满盈”之说。极端言之，这是生命的“逆命题”。本来，见面也好，购物也好，从正面计算是叠加的。我们庆祝任何人的生日，不会严酷地指出“你离死亡又靠近一步”。过年度节亦然，强调“天增岁月人增寿”，而不会像鲁迅的《立论》那般阴冷绝望，连人家的婴孩满月，也赠以“这孩子将来是要死的”晦气话，尽管没有人敢说这立论荒谬。

这思维定式，隐藏着一个核心——人生是有“定额”的。战场的伤亡数早已注定，每死一位，不就给袍泽增加活的可能？儿女看望父母的次数早已限定，每去一次都使“配额”减少。民间还有更加干脆的说法：“吃多少穿多少，早已注定。”还有一种奇葩式“定额”：我的一位文友，20多年前着手为某乡贤写传记，因诸多因素，一直未能脱稿。由于题材极具吸引力，不少出版社关注这本书的进度。有一次，我以三藩市某文坛前辈抱病完成长篇小说三部曲，然后不抱遗憾地辞世的故事，催促他早日写完。不料他说：“×× 把书写完就死了，我干吗写完它？”原来，他把著作付梓当作生命“定额”的唯一参照。

那么，“定额”是谁下的呢？开战前，参谋部会对即将开打的仗所造成的伤亡做出预测，但这并非“定额”。所谓“冥冥中自有定数”，这“定数”就是。如果它确实存在，比如定下“吃”的总量，那么，谁细水长流，每天尽量少吃，谁就拉长寿命。问题恰在于，这是玄妙的天机。《新约·传道书》的名言：“凡事都有定期，天下万物都有定时。生有时，死有时，栽种有时，拔出所栽种的也有时。杀戮有时，医治有时，拆毁有时，建造有时。哭有时，笑有时。哀恸有时，跳舞有时。

抛掷石头有时，堆聚石头有时。怀抱有时，不怀抱有时。寻找有时，失落有时。保守有时，舍弃有时。撕裂有时，缝补有时。静默有时，言语有时。喜爱有时，恨恶有时。争战有时，和好有时。”总括而言，“有时”即“上帝所定配额已满”之谓。

是否确有其事，在窥到上帝的分配方案之前，都难以说准。人生有“定额”是好事还是坏事？看你从哪个角度看。从“定额”出发，可奋发，也可懒惰；可达观，也可颓唐；可走快速达到终点的直路，也可借拐弯与停伫来延长。

纽约的前辈这般下结论：历史无情，文学以情补其空疏，救其冷漠。

（2015 年 10 月刊于天津《中老年时报》）

家的眼睛

位于旧金山海滨的家，正门对着街道，街道另一侧靠近交通繁忙的日落大道。屋子的正面有两个落地窗，我将之喻为“家的眼睛”。

家在湖边，可领略槛外的水月风情；家在景区，轩窗就是名胜的剪贴。莫奈在大溪地的房子，窗框想必填入睡莲四季的光影和姿态。我岂敢奢求？家在城市，窗户面对完整的世相也蛮不错。所谓“完整”，就是：既有夜莺和鹧鸪的鸣啭，也有鸦噪和鸟粪；既有意气风发的慢跑，也有恶心的吐痰；既有蒲公英和松果，也散布空瓶罐和废纸。最大量的是遛狗图，狗的品种固然齐全，遛者服装、姿势和品性也足够丰富。每次望出去，即景是横切面；看得久了，就成纵剖面。邻居的一只苏格兰牧羊犬，酒红和雪白两色有如云图，出世不久就在林荫下学跑步，长大了爱追蝴蝶。每天两次，退休的调酒师汤姆牵着它庄严走过。十多年过去，汤姆和它的爱犬，名字都立在郊外墓园。

20 多年前，我陪一位上海来的画家逛旧金山闹市的画廊，他在路上说：“俗气的画，我看了要用清水洗眼。”人间当然是俗气的，但我的窗户不必洗。早上，边往嘴里塞面包边往候车站小跑的上班族；傍晚，手交叉在胸前而不扶车把的自行车手；夕照里，穿着情侣装的老夫妇：都透出人间的安宁，尽管难免“俗气”。

这几天，窗户摄入的画面，更教我感动。花旗松下，一个遛狗人在忙碌，狗守在他身边，他一只手操纵一个加长的夹子，收集草地上的垃圾，另一只手提着打开的塑料袋，袋里已差不多满了，是废弃在地上的报纸、餐巾、午餐盒、汤盅、咖啡杯。怪不得我的视野如此清爽。尽管因遭遇千年一遇的大旱，市政府的园林部门已关停所有自动喷灌器，草地一片枯蔫，也因剔除了异物而显出坦荡和纯净，一似故土秋日成熟的稻田。而这功劳，得归于这位同胞。

次日，又看到他埋头做同样的事。我带着好奇，向他走近。看清了，是同胞，岭南人脸相，年纪 70 上下，岁月把机灵化为圆融，老得相当耐看。动作麻利，夹子起落，脚步紧随，他的狗狗在旁边咻咻，算是唯一的啦啦队员。我站在他旁边等候，好不容易才逮到他站直，稍事休息，我向他打招呼。他微笑着回一声“哈罗”。我想套近乎，互通姓名，说说天气，重点在感谢他对社区的奉献。如果他接茬，我便问问他是否属于某家教堂，来自何处，移民多久，退休前干什么。如果投机，便成为朋友，下一次交谈的地点是五个街区以外的咖啡馆。可是他马上低头忙开了，不再说闲话。这是资深上班族所养成的习惯——干活时精神须集中。我只好打住。美好的谜，改天再打开。

今天黄昏，落日卡在花旗松叶丛里，成了可爱的大花脸。他出现了，依然是灰蓝色夹克，夹子，垃圾袋。身边，亦步亦趋的狗。黄金一般的余晖成了背景，蔼然的光在他身体边沿镶起金边，金边洇开去，和衣服融为一体。身体移动时，仿佛有微光迸射。我紧紧贴着窗户，目光追随着他。脑海泛出一个类似的影像——我风烛残年的祖父。深秋、桉树林、黄昏，也是这样的余晖，给他右肩歪斜的身躯镶上光彩迷离的金边，他手里也有类似夹子的长铁针，不同的是铁针用来收集肥厚耐烧的桉树落叶。由于“文革”耽搁，他到70岁才从供销社办理了退职手续，靠一次发放的几百元度过晚年。为了帮补家计，老人家天天在林子里收集燃料。奶奶已去世，他唯一的伴侣——老猫懒洋洋地待在家里灶旁。相似的身影，不同的人生意蕴。

我把家里的人都叫到窗前，一起向提着垃圾袋走动的老义工致以崇高的敬意。他，无疑是我家“眼睛”摄入的最好景致。

（2015年8月刊于《人民日报·海外版》）

如何“点题”

上午，友人来电，邀我去茶楼。10时多，在茶楼拣靠窗的小桌子落座。友人未到，手头无书无报，独喝普洱，颇感无聊。

何不作一个“写生”练习，把眼前所见一一记下？这倒不难。我的位置在后部，茶楼一览无余。10多张大小桌子，5张有人，要么两位，要么五六位。都在吃点心，喝茶，谈天。但凡茶客，不外如是，再加上“看”（比率较高的看手机，比率不高的看报和比率更低的看书）。

吃相有贪婪和文雅的区别，谈话有私语和高谈的差异。环绕大圆桌的全家福，老人家的表情最是满足，因之格外慈祥，为了人生理想完全展现的缘故。团圆、富足、快乐、孝顺，是幸福家庭的元素，也是全家到这里来消费的根基。茶客陆续进来。“请问喝什么茶？”“寿眉。”“你爸没来？几天没见他了。”都是例行套语。

茶楼的老板娘进门，咋咋呼呼的，和侍应生说笑。这家茶楼经营早已上了轨道，劳资关系良好。侍应生和顾客都是熟人，尽可开玩笑。友人还没现身，拨打手机也没接听，也许在开车。那么，继续写“命题作文”。夫命题，即立意，眼前人寰该赋以何种“意义”呢？我搔了搔毛发稀落的头，想，一早出门上班的人，至不济都有一个“意义”——养家糊口。从窗口外望，街角的教堂里讲道的牧师、唱诗班的孩子、查经班的大人，有“为上帝工作”的宗旨。但给周遭的茶客贴标签不容易，除非大而化之地名之为“吃货”或“消遣”。如果人生的意义止于“取得快乐”，那么，茶客差不多都成功了。看，胡子拉碴的年轻人，把雪白的牛肉肠粉放进嘴巴时，那神情近于宣告：我征服了世界！我的思绪搁浅在这里。缺一个“意义”，也许不妨碍屏风前的一对小夫妻报销一个糯米鸡，但我的作文操练只好流于浮浅。

友人到了。原来他比我早，看我没到，便到附近的五金店买水管垫片。他邀我来谈和葬礼有关的事。他妈妈在熬过100岁的第二天去世了。这位一连数月，每天早上去疗养院，费3个小时喂妈妈吃饭，侍候妈妈如厕和洗澡的孝子，要给母亲写一篇悼文。我说你回顾妈妈的生平，我记录，加以整理就是了。他说，妈妈生前不知什么时候，已把自己的年谱写好，从出生，出嫁，每个孩子的生日，儿女成亲的日期，到她来美的日期，无一遗漏。当然，仅仅是骨架，具体而微，血肉淋漓的爱，比如，儿子7岁那年要独自乘花尾渡从乡下到广州去，她挑起七八十斤稻谷去粮站换粮票。矮小的母亲，挥汗如雨，挑两个大箩筐走七八千米，那身影镌刻在年过六旬的儿子的深心。

友人给我看他在疗养院替妈妈拍的照片。一个世纪的风云，凝聚在一张脸上。老人家一辈子没生过大病，在旧金山住了20多年，没有家庭医生，没有医疗记录，没有服用过任何药物。去世之前半年，才被送进疗养院。照片上，她清癯、安详，笔直的鼻子下，嘴唇缩进去。就在这一刻，老人家给我指点迷津——怎样为平凡人生“点题”？像百岁老人自己写年谱一般，每一个日子都认真、踏实、喜乐。日子的质量以什么作标记？夜深人静，灯下提笔，无愧、无怨，一笔一画地写下的年谱，就是给自己的人生打分。终篇时带着微笑、安慰，以及宽恕。

眼前风物一经点题，便带上妙不可言的“意思”。这意思，不一定具“苦难”所附带的深刻，不一定带大起大落所生的强烈。周围的茶客，处于“失意”和“得意”这两极的，肯定比中间即“平常”状态的少，但不妨碍大家度过一个喧闹而舒心的上午。原来，人寰这一角，每一道生之细流，同样汇进“人性”的巨川，以无声的流逝累积出生命内蕴的庄严。人生的形象，以实在、宁静、琐屑为基调。明乎此，我们对世界岂能不贡献善意？冥冥中，友人的百岁妈妈在云端微笑着俯视我们，一个劲儿地说，好好！

（2015 年 4 月刊于美国《侨报周末》纽约版）

如此顺理成章

商业社会的物质追求，如此不着痕迹、水到渠成，教我始料不及。要怪就怪那个周末在马路旁短暂的停留。那是一个临时摊档，全美排名第二的手机服务企业V的代理商在兜客。我在等候进入超市买菜的老妻。“下雨天打孩子，闲着也是闲着”，我问了站在摊档后面无所事事的年轻人：“有没有可以随时取消的计划？”“有！无合约，无开台费，随时可关可开。”他递来一张名片。我的手机一直属于M公司，因常回国，不想受以两三年为硬性期限的合约束缚，而M公司是唯一提供这种服务的一家。但M公司的信号放大器偏少，我所在的区域尤其糟糕，在家里打电话状况百出，早就想换掉。于是，一个星期后，我拿着名片去V公司旗下的手机店，要求加入。

事情比我想的复杂。我目前拥有的第五代苹果手机太落伍，必须升级。“买一台新的吧！你一点也不吃亏，把苹果机卖给我们，拿到200元，加上100元，这是我们送的开台费。我们的手机价格200块钱起，选择多的是。”于是，我选了一台LG公司生产的手机，价格为279元，加上税金，300元多一点，等于白捡。这种手机，屏幕比苹果大，拿来看电影多好！

手机换了，自然要加上套子，因保护手机日益显得迫切，特别是学步的外孙女从咖啡桌一把抓起手机往地上摔之时。这时才发现，手机套都是“一个萝卜一个坑”，不同厂家、不同型号的手机，必须配特定的套子，而LG的市场占有率比苹果差一大截，连带地LG的手机套极难买到，专卖店也只能代客订购。

一个月前，我带着“裸机”前往纽约，想着在合法、非法摊档比比皆是的曼哈顿买这样的小玩意岂不容易？然而，走了两趟，问了包厘街所有出售手机套的店铺，答案是划一的：没有。只有一家印度人开的店，先蛮有把握地回答我的提问："当然有！"可是，售货员送来供选择的套子无一合适。我失望地退回，老板严肃地说："你后天来不来？我保证替你弄到。"老板得寸进尺："为了表示诚意，你要付定金。"我婉谢了。

只好走流行路线——网购。这倒简单，上V公司网站，点击LG，买下一个，售价39.99元。3天后，邮递员把领取包裹的通知塞进信箱。我去邮局领来，打开，错了，不是手机套，而是LG牌平板电脑的套子。好在大企业在乎信誉，早就料定我不喜欢似的，退货单已一并寄来，我用原来的盒子，贴上退货单，送往邮局，连邮费也不必付。

闲时把玩手机，设想带上套子的美妙。睡前读罗曼·罗兰所著的《托尔斯泰传》，它述及托翁在晚年骂遍俄国的统治者："疯狂的魔王伊凡、酒鬼彼特一世、愚昧的厨役凯撒琳一世、淫乱的伊丽莎白、弑亲的亚历山大一世。"然而沙皇就是不动他，他一直太平无事。

于是，他为了“殉道”的强烈欲望无法满足而愤怒：“在我周围，人们凌虐我的朋友，却不及于我，虽然我是唯一可算作有害的人。显然我还不值得加以凌虐，我真为此觉得羞耻。”我所渴望的，却是手机套！我刻毒地嘲弄自己的无聊，还自命“曾经沧海”呢！

我改上亚马逊网站，选了一款。说好三天后保证收到。但次日，网站来电邮，说我要的那一款断货了，建议我选别的。我照办，对方承诺本星期六到货。想及手机套，心情雀跃。和托翁比，我是幸运还是倒霉，区区套子值得分心吗？

星期六中午，邮递员送来一个盒子，里面就是。尺寸分毫不差。有了套子的手机，不必担心外孙女捣蛋了。不是没有遗憾，我竟订购了蓝色套，这不是纯爷们的玩意儿。

一如鲁迅说的：“挽联写得好无非是挽联写得好。”套子无非套子，还能提供什么别的愉悦呢！

（2015 年 11 月刊于《侨报周末》纽约版）

以嘲还嘲

午间，走进旧金山市场街旁边的一家“汉堡王”。较之麦当劳，我进这家连锁店的记录近于空白。一个佩戴手枪的大汉在门内巡逻，可见它不时受流浪汉乃至犯罪者的滋扰。顾客不多，我前面站着三个男人，距离之阔，教我以为他们不是在排队。站在我前面的白人小伙子正埋头看《观察家报》。我抬头看价目牌，过一会儿，看前头，两个男人消失了，只剩下看报的。他并没挪动的意思。我以为他已付钱，正在等叫号拿食物，便从他面前越过，站了片刻。柜台后的墨西哥女孩叫“下一位”，没人上前，再叫。我走近柜台。

“要一个鸡肉汉堡包，一杯小号咖啡……”还没说完，一个人以卷起来的报纸拍了拍我的后背，说：“喂，你前面还有上百人排队呢！这里是美国……”我掉头，是看报男。我退后，说：“抱歉，请你先来，我以为你……”他冷漠地看了我一眼。我从他的话里品出刺来，予以反击：“你说话最好干净点，我也是美国人！”他没有搭腔，径自走近我让出来的位置，向服务员点午餐。

我的怒气愈益膨胀，看他的背后，略显邋遢的衬衣、牛仔裤、球鞋、大背包，不知是上学的大学生还是蓝领工人。他买了汉堡包和汽水，匆匆离开。剩下我在吹胡子瞪眼。我已理出他话的逻辑：你在中国不守秩序，到了美国也是老样子，这就是中国人的德性。种族优越感呼之欲出。这歧视不是冲我一个。我真想追上他，说，小子，我成为美国人时，你还没出生！移民以来，遭遇明显的种族歧视，这是第一次。也借此知道，没生大气好几个年头了，一生心里就堵上大半天。

渐渐地，怒气转化为反省。检视和白人青年起冲突之际的下意识反应，原来，以为自己经历30多个寒暑的东西方文化冲突与调和，已在低层次上消解了针对种族、国家的刻板观念，变得较为开明、开放。不料，心灵深处还有义和团，还有“华人与狗，不得入内”，还有民族自卑感以及由自卑而来的病态敏感。这个年轻白人也许是玩幽默，和一个看不顺眼的异族老头开玩笑；也许是由于受过刺激而对某些中国人怀有偏见……不管怎么样，是他个人的事。个案不宜“如此类推”，个别不能涵盖全体。“侮辱中国人”云云，我既没资格代表庞大无匹的受害一方，也不存在这个必要。

可怕、可虑之处在于，我的反应出于潜意识，而潜意识，未必不是“集体无意识”的冰山之一角。我离盲目排外的愚民、轻易受误导的暴民并非很远，一旦爆发某种事件，我会不会成为被群情裹挟的红卫兵？一个积弱的东方大国，它的子民会不会一代代携带某种可怕的基因，要么仇外要么媚外？和外族打交道，会不会难以找到符合文明社会社交规范的位置？

如果我有起码的风度，该也出于幽默，在门口，把白人小伙子叫住："可否说得清楚一点，阁下的意思是什么？"进而把话题展开，深入讨论。如果他列举中国人到了哪里都不爱排队，成为国际性种族标记，那么，我解释刚才的误会，并建议他向中国的旅游部门投诉。如果谈得热络，我可以向他指出，他的讽刺有以个别代替全体之弊，最好收回。

晚上读闲书，冯梦龙谓："能酬者不病嘲；而能嘲者，亦反乐于得酬。"他还认为"怒犹常情，笑乃不可测"。可见这类场合，最好是以嘲还嘲，以玩笑对玩笑，从头到尾以"笑"为主轴。

（2015年2月刊于香港《大公报》《大公园》版）

想当然

早晨，在街上走。昨夜露重，水泥地上一片湿漉漉的，脚一滑，差点摔倒。前年也在这一带摔了一跤，以手支地，挫伤了中指的韧带，一年多才复原。不敢大意，改走表面粗糙的大街。迎面来了一位穿灰色大衣的洋老太太，年纪80开外，脸部表情肃穆，五官紧绷。这个时间路遇洋人，互道一声“早上好”是免不了的。但她没有这个意愿。我别过脸走过。10分钟以后买了报纸往回走，她在我前面，步行极慢，每一步都费力、迟疑。老人家正以不大听摆布的脚临深履薄，怎么有工夫理睬他人？我快要赶上她。她进入危险地段，要踏上我刚才打滑的路面。

脑子闪过一个疑问：如果她摔倒我怎么办？老人在公共场所倒地，在中国可是一个严重的话题。这里没有碰瓷，但如何施救？我没受过训练，只能马上打紧急救援电话。摸摸口袋，没带手机。抬头看看旁边的屋子，这么早，多数人家还在睡。怎能见死不救？我跑近，在她背后，大声说："请小心，这里很湿。"话音落下时，我恰恰和她打照面。

我的天！从来没见过这般激烈的反应。"哎呀，我的上帝！"她大叫一声，核桃脸拧成一团，双手举起作抵挡状，生怕我挥拳打下。我顿住脚。要不要解释？怎样解释？再想，怎么说得清？反正她已安全地通过，我不必咸吃萝卜淡操心。继续往前，把她甩在背后，感觉坏透了。我在她心里是什么形象？凶横的中国老头子？大清早把"好事"做得这般蹩脚，真晦气。早就晓得体型干瘦的洋女性比之偏胖一类，打交道难些。

也许心的容纳量和躯体的体积类似。

这一事件促使我做了一番反省。在华洋杂处的社会，由于视角、思维方式、沟通方式的差异，中国的古训“将心比心”“人溺己溺”“己之所欲，必施于人”之类，须先作检验再付诸行动。一位中国女性，中年离异，嫁给一个白人。新婚燕尔，太太为了表示关切，吃饭时频频给“另一半”夹菜。“尝尝这个，要是喜欢，我以后多做。”“宝贝，这个好吃。”“这个有营养，多吃，啊？”不料每天送上上百个“谢谢你”的丈夫这一回并不领情，板着脸，问一句：“甜心，不准我做选择吗！”贯彻东方温柔的妻子，崇尚个体自由的洋丈夫，对“夹菜”的解读完全异趣。

有一次，我在大街上走，前面因为修马路，人行道上有障碍物。一位白人男子驾轮椅，怎么费力也上不去一个陡坡。我正好站在轮椅后面，便在驾驶者发力时把手搭在轮椅后的横杆上一推，轮椅上去了。我期待驾驶者回馈感谢。不料他冷冷地说：“你差点毁了我！”我红着脸落荒而逃。细想人家是对的，他作为驾驶者，单独控制轮椅，凭的是感觉。突然加入的外力在他的意料之外，可能使他失控，发生翻车或人被抛出的事故。正确的做法是我预先问："需要帮忙吗？"如获允许，再在他的指导下动手。

由此可见，了解人，理解人，是一辈子的功课。以"我还不是为你好"为借口，做违背对方意志的事，只落个"不得好报"。同理心的前提是有共同的"理"。这个"理"并非来自"想当然"，而是来自理性的比较和中庸的洞察。比如上文那路上被我吓得脸色发青的老太太，如果我非要帮一把，而预先提醒怕招致猜疑，最好是在她前头远看，如果她"自行失足"，我再上前施救。

（2015年3月刊于《侨报周末》纽约版）

抓在手里的阳光

秋天，早晨，我把闹别扭的外孙女抱到院子里，让她独自玩耍。她快一岁了，能够站立。在地上，她爱捡东西。落叶，哪怕是躲在砖缝中，她也能发现，拿起。许是视为第一次劳作的收获吧？她喜滋滋地把手伸过来，在我张开的手掌上松开捏叶子的两个指头。如果我走神，她会把叶子放进自己的小嘴，害得我紧张地逗她张嘴，掏出。怕她再吃，我只好坚壁清野。没有落叶，她也不愁，她小心地把从叶丛间漏下的阳光“捏”起，放在我的掌心。一次又一次。我和她一般煞有介事。

想起另一个镜头。在故土居住时，我常常去一个羽毛球场打球。星期一的白天，偌大的球馆人很少。无事可干的男经理便兼任保姆，把一岁大的儿子也带来。绿色塑胶地板上，散着从天窗射下的阳光，因反射的关系，带斑点的阳光呈圆形，缓缓移动。小宝宝爱和阳光捉迷藏，抓起一个带些微动感的光圈，做“送出去”的姿势，再爬几步，抓起另一个。可惜他爸爸在离他很远的办公室内，小宝宝无法给他送上一掬又一掬阳光。

我隐隐觉得，这里藏着天机。在一岁婴儿的认知中，“可见”和“可拿”是一回事。外孙女对阳光、叶子、草梗、纸片一视同仁。按这妙不可言的“齐物论”，视界内的一切，从蓝天、白云、彩虹、星光、月色，到屋里的灯光、姐姐跳舞时旋转的影子，伸出小手都能抓得到，送得出去。诗作法有所谓“通感”。明清小品文大家张宗子的名篇《西湖梦寻序》结尾云：“余犹山中人归自海上，盛称海错之美，乡人竞来共舐其眼。”在山中“乡人”看来，素来无缘见识的大海奇珍，被山中人看过，便储蓄在他眼睛里头，群聚而舔，能分一杯羹。可惜，张宗子毕竟是饱经忧患的老人，竟给这奇拔的想象泼冷水：“嗟嗟！金虀瑶柱，过舌即空，则舐眼亦何救其馋哉！”这么说来，空虚、失落之感是“长大”才有的。看婴儿，小手里的阳光怎么会空？什么时候抓，抓多少，随他高兴。阳光没了，还可以抓别的光，还有影子。

21世纪初，一位美国作家写了一本鸡汤式畅销书，主张大家回到幼儿园去，因为成人的行事准则在幼儿园阶段已基本学会，问题在成长、成年以后能否贯彻始终。我想更极端一点，从幼儿园再退一步，那就是婴儿时代。并非重新裹上尿布（这手续，到大小便失禁的晚年，确要重新实行），而是守住天真的想象力。

唯物、唯钱、唯利的观念，看得见不算数，还要摸得着，这就是成年人的世故。香港人有一流行语，曰“有层楼抓在手”（意谓：说得再好听，也不如拥有一个住宅单位的所有权，即不要轻信没有以实物为担保的言辞。此警句最得以下几类人的心：小三、陷入婚姻危机的中年女性、为“要不要把家产交给后代”而犹豫的长者）。彻底的务实导致近视、俗气、势利，使得人生陷在物质的泥淖。执迷于“经济利益”和“物质得失”的脑袋，如何漏得进阳光、星光、月辉？

于是乎，我接过外孙女一次次递过来的阳光以后，庄严地思考：该存放在哪里？身上的钱包、口袋，家里的储物柜、保险箱都不理想。

（2015 年 11 月刊于上海《解放日报》副刊《朝花》）

何处是孤独者的位置

有两类孤独者，一类见于纪弦先生的经典诗篇《狼之独步》：

我乃旷野里独来独往的一匹狼。
不是先知，没有半个字的叹息。
而恒以数声凄厉已极之长嗥
摇撼彼空无一物之天地，
使天地战栗如同发了疟疾；

并刮起凉风飒飒的，飒飒飒飒的：

这就是一种过瘾。

他们野心勃勃，孤独无非短暂的蛰伏，很快就要走出顾影自怜的境地，再度杀入红尘。另外一类，以内敛为特征，节奏缓慢，观照多于行动。而两类并不是非此即彼，断然异趣，而是犬牙交错，此起彼伏，组成生命的曲线。比如说，年少气盛之时必有过“狼之独步”，老了必要有扶拦远望，曲径低回。

若要问，哪里是后一类孤独者的位置？登临绝顶，诚然快意平生，但老年人往往脚力不逮；仆仆于途，又无法从容领略风景。我忽然想到，水之湄乃是最好的站立处。这么一说，马上教人联想到“水仙花情结”——那西瑟斯在水里看见了一个绝美男子，深深地为之着迷，用手去抓，波纹反而破坏了影像，他又气又不甘心，再伸手，还是抓不到。最后几近疯狂，为了和水中俊男长久在一起，决然扑向水中。他溺死以后，水中长出一株水仙花，那是他的灵魂。

由此可见，水边于不想死去的自恋者并不合宜，为了水能兴波的缘故。李敖谓，每次他想领略当世豪杰的风采，就去对镜。镜子好就好在不但永远清晰、准确，且保护隐私；爱自己爱得死去活来的人，可以关起浴室的门，变装、裸体、摆各种姿势、扮各种鬼脸，自恋与自娱一炉冶之，事前只要把镜上的水汽去掉。

而水湄，所给予喜欢自省的孤独者的，近于李白的“举杯邀明月，对影成三人”，但更加简约，把月也忽略了，且不要酒杯。就这样，悄悄地去伫立，不要妄想垂柳下闪过丽人的裙裾，手机和微信当然也关掉。向水下探头，一个和你一模一样的人和你对视、对峙。你完全地拥有另外一个“自我”——平时你没法放空尘虑再去省视的人，你没有足够勇气审察的人，你因粗枝大叶很少谛视的人，正在水下。

倒影说，来吧！我们谈谈。除了这个时刻，你对付的是“外”——外部的人、外部的压力，即使面对至亲，你也未必常常敞开心扉。忙迫的现代人，以外露为时髦，即“开放型”。然而，知彼未必知己，何况，和自己相处，反思仅仅是开端，进入自己的内心，可发现纵深处亦“柳暗花明又一村”。

水湄胜于斗室，优于咖啡厅的雅座，因为它以“自然”伴你。其实，惹得那西瑟斯生气的涟漪，并没有毁掉倒影，只使它的姿态更加绰约、灵动。还有，水面的落叶和落英，远近的荷叶上，露珠清圆。

你也许要反问，影子哪里没有？阳光下、月下、灯下、篝火前——我却说，只有水下的影子，才是立体的，才是最可亲近的，也最能启发诗的联想。我的 22 岁，烟雨春天，家乡的湖畔，每个黄昏，我都拿着司空图的《诗品》，在水畔或坐或立，读书，冥想，鱼儿喁喁伴我，一个平日无比愤世此刻心里充满甜蜜的后生伴我，紫荆花和桃花的瓣儿近了，又远了。近旁的石凳上，婆娘们在打牌，高声喧嚷，我却一概听不见。

只要这般和自己厮伴过，就可只身走向危机四伏的人生。

（2015 年 7 月刊于上海《解放日报》副刊《朝花》）

“整整的一生是多么地，多么地长啊”

幸亏这悠长的、不知是得意还是无奈的咏叹，抄自著名诗人痖弦先生的诗《给桥》；如果出自我，则免不了有朋友过来问吃错了什么药，或按我的额头，看是不是发高烧，不然就久久地盯着我的老脸，不知我是说反话还是扮萌。

谁不知道，愈是老去，光阴愈是以可怕的加速度消逝。而“几十年前的往事记得清清楚楚，昨天的事一塌糊涂”，这老年人共同的苦恼，给“恍如昨日”的感叹注入黑色幽默。总之，时间可以有情或者无情，可以千变万化或者凝固，可以成就悲剧或者喜剧，唯独不可能“长”。

我曾经为“光阴似箭”这一永恒的遗憾做过另类诠释：只有在好日子里，时间才快速消逝。而长夜漫漫，度日如年，慢速度只意味着痛苦的折磨、绝望的煎熬。时间的速度愈快，愈该赢得感谢。今天读了痖弦先生这一句诗，感到此说还不到位。

要换一个思路，任何时候都坚信：整整的一生是“多么地，多么地长啊”！当然，“信”和“事实”并非一回事。时间充满不测，而人们最不愿意知道的，就是“还能活多久”。除了一部分绝症患者，绝大多数人不会主动打听“几时死”“怎样死”一类愚不可及的问题。一来，生与死乃人生最大的两桩事，如果不自杀，天大的谜底只有老天爷能揭。二来，知道死期一点儿也不好玩，活的趣味马上被削减大半。

叔本华指出：“只要我们是活着的，便总是处于时间的中点，决不会处于时间的终点。从这一点可以推知，每个人内心都带有无穷时间的不动中点。使我们具有活下去的信心而不再感到死亡恐惧的，主要就是指一点。”这个“中点”并非指真实年岁，如预测某人寿数80，据此将他的不惑之年定为“中点”。人筹划“生计”，都自觉或者不自觉地以“一生很长”为出发点，乃是普遍的事实。

基于这一点，我灵机一动，从痖弦少作所摘取的这一名句发掘出更大的意义。世风的浮躁不是一直为人所诟病吗？所有的一锤子买卖，所有的“有×不用，过期作废”，所有的“有花堪折直须折”，根子难道不在“整整这一生，是这么地，这么地短啊”上？无论老少、无论显微、无论贫富和教育程度高低，在潜意识里有一个催命鬼，赶快赶快！“时间就是金钱，效率就是生命”这一流行多年的口号，诚然促进了生产效率，但在大众心理上也制造了负面的思维定式。

如果来日方长，如果一生可以从容地过，还有“风风火火”的必要吗？如果要给浮躁开出釜底抽薪之方，那就是：一辈子长，一辈子真长，一辈子真他妈的长。（套用“文革”后某小学生的命题作文《长城》：“长城长，长城真长，长城真他妈的长。”）65岁不过是“30岁加上35年的人生经验”，依然雄姿英发，可以筹划乘坐太空船或向南极进军。85岁报名上大学，修几门学科，纯然为了满足好奇心。“临老学吹打”何妨？你有的是时间，从入门开始，循序渐进，有一天可达到专业水平。

“只争朝夕”的固有观念被“一辈子太长”主义所取代，质言之，是把人生的核心价值从“追求结果”转移到“只问过程”。给自己的寿命以超过实际的预期，使得你去掉火气，摈弃急迫感，这可是人生境界的重大飞跃。

且回到痖弦的原诗《给桥》，他是为爱人张桥桥而写的，表现的该是恋爱的感觉。“修着指甲，坐着饮茶/整整的一生是多么长啊/在过去岁月的额上/在疲倦的语字间//整整一生是多么长啊/在一支歌的击打

下 / 在悔恨里”。诗人如今已逾 80，和太太桥桥天人永隔。然而，诗人的一生依然那么长，那么长，它借着诗穿过死亡，伸延到另外的世界。写这首诗时，诗人未来的岁月要命地长，并未预料到半个世纪以后，他自己和他的诗的境况。然而，“整整一生这么长”的立论稳稳地建立，成为人生的警句。

（2015 年 4 月刊于天津《渤海早报》副刊《渤海潮》）

海棠花的睡眠问题

晨6时，静，连鸟声也不好意思霸占整个郊野，只在栅栏上抛下几声啾啾，那是小山雀。也许是因为两只虎皮鹦鹉没来的缘故，这浑身碧绿的夫妻不必嚷嚷，单是在桉树丛中起起落落，就搅出一个小规模的雨声簌簌的世界。松鼠照例连表演空中走电线也不制造声响。被松鼠一路咯吱的电线反而忍不住，要变作风里的琴弦。门前的小小风铃不响，风太弱了。

今天是垃圾日，我把垃圾桶推到马路旁边去，过了中午，垃圾车会开来，伸出机械臂，把一个个塑料桶清空。我的天！垃圾桶隆隆滚过，我制造了类于最大型坦克车碾过的音效！

其实寂静并非从此刻开始。我也早就“自然醒“了，那时才4点。随后，静才由尚笼罩鱼肚白的远山蜿蜒而来。灯下读川端康成的散文《花未眠》开头一段：“昨日一来到热海的旅馆，旅馆的人拿来了与壁龛里的花不同的海棠花。我太劳顿，早早就入睡了。凌晨四点醒来，发现海棠花未眠。”于是，我研究起花的睡眠来。

按川康端成在此文中的界定，花开曰“醒”，海棠之外，“有葫芦花和夜来香，也有牵牛花和合欢花，这些花差不多都是昼夜绽放的”。那么，何谓“睡眠”？众所周知的例子是睡莲，睡眠时花瓣向上竖起，闭合。白天盛开，是绝美的娇媚。查网上资料，川端康成指为“昼夜绽放”的合欢花，作息时间和人类类似，白天“醒”时叶子上的小叶都舒展平坦；夜里就寝，小叶片成双结对地折合，酷似含羞草。蒲公英也这般。我愿意加入文学的因素，在川端康成的海棠花瓣洒上凌晨的露珠，露珠在星光或者晨曦里闪烁，这就是睁得溜圆的璀璨眸子。如此这般，“未眠”的花就神采奕奕了。当然，上述“睡”态是我们的肉眼可以见到的，如果拿上仪器做精密的检测，花朵睡与醒，表征肯定更多。据说，有的花入睡后叶子的温度不一样，有的花爱午睡。

问题来了，对大多数花而言，开放就是“未眠”，那么，“睡眠”就成为伪命题。我今天在推垃圾桶之前，特地到后院去查看了。雪白的波斯菊从来没“睡”过，金黄的满天星、嫣红的虞美人和紫色的芍药亦然。扶桑的花信已过，乌黑的枯瓣不是委地就是粘在枝丫，它们长睡不醒。那么，多情的苏东坡为海棠花而写的“只恐夜深花睡去，故烧红烛照红妆”是多此一举了。而所谓“海棠春睡”，干脆是形容杨贵妃的悍忪之态的，和花的作息毫无干系。我从网上找出几幅“海棠春睡图”，连巨匠张大千之作在内，左看右看，找不出睡和醒的区别来。我既缺艺术的悟性，又没经植物学的专业训练，平庸之眼只及平面和表层。只是，如我这般归类为“凡俗”的人，也许占了世间多数。川端康成“凌晨四点的海棠花，应该说也是难能可贵的”一句，换为凌晨1点、下午5点，任何钟点，都不成问题，直到花瓣委地。

我毫无诗意地和垃圾桶打交道时，满脑子依然是花的“睡与醒之辩”。从马路旁边往回走，瞥见左边人家的前院，木樨树下，一朵白色花飘落，如此巨大，吓我一跳，定睛看，是一只白腹鸟从枝上飞下，姿势过分舒徐，引起误会。美丽的误会！鸟当了一回山寨版木樨花。同理，凭借好风，花也能够冒充飞鸟。如此说来，过分计较花的“睡眠”，未必不是多事。

（2015年5月刊于《羊城晚报》副刊《花地》版）

回家路上

最普通的外出购物而已，然而在50米开外看到自己绝不豪华的屋子时，一个不小心，感动得无以复加，进而想到这个具普遍性的题目。今天出门办的事，难以启齿地琐屑——到离家五个街区的超市所开的星巴克买了两杯咖啡（家有从研磨咖啡豆到制咖啡的全套器具，但女儿和女婿偏爱星巴克的货色），在同胞开的面包店买了刚出炉的面包。归途上，远远看到灿烂的初阳洒在家门前的人行道上，暗绿色墙壁仿佛含无限玄机。旋即，心跳加速，“乃瞻衡宇，载欣载奔”，陶渊明这不朽的“制式动作”，完全可以借用。是啊，只要把门打开，就能听到两个小宝贝的声音（连啼哭声也那么动听），女儿、女婿与老妻的谈笑声，碗碟的响声。风来，门帘扭起别致的舞步。女儿一家四口昨晚来这里，此刻都已起床。一个早晨，凝聚了人间丰厚的欢乐和满足。我不必亲睹，也能在脑际描出天伦图来。

我刻意放慢脚步，一如咀嚼可口佳肴舍不得吞咽，要在短距离内品透“回家”的意蕴。除却陶渊明的《归去来兮辞》，更触动游子深心痛处的，无疑是“近乡情更怯”。为什么梦绕魂牵之处快到了，反而心慌意乱？从小里说，是怕音讯阻隔有年，家人生死不明，而谜底即将揭开。从大里说，是怕乡亲异样的眼光和邻居的讥笑，为了归人的不够体面。我这老金山多次与若干更老的金山客交谈，知道他们一辈子不回去，仅仅因为积蓄有限，买不起教在家乡的家人、亲友满意的礼物，丢不起脸。

不错，“少小离家老大回”的古典式，太多无奈与追怀，如今已不多见。且说至为平凡的“每天回家”。“文革”中，使一些人下绝命的决心的，未必是红卫兵的精神和肉体摧残，尽管惨绝人寰；而是从批斗现场踉跄回家，本已遍体鳞伤、衣服破烂，不料家人给他的，不是揩掉血迹的毛巾、温柔的抚慰、热汤和暖床，而是冷眼和冷灶，亲人训斥他，要他彻底反省反党反人民的罪行，改造自己。可见，家乃是人在危难中的最后依凭。

细细想来，“回家路”这一程，远如杜甫的“即从巴峡穿巫峡，便下襄阳向洛阳”，更远如越洋客机的航程，近如我眼下这一趟，来回才用10多分钟都有的是故事，无论直白的“归心似箭”，还是望梅止渴的“却望并州是故乡”，都嫌太粗疏空洞，有待写手们以自身的生命体验填充。

我稍加回想，觉有数式。一是急如星火。饿了，渴了，乏了，家里的饭锅、杯子、沙发和按摩椅固然最感亲近，小至如厕，也是在家才自在。二是慢条斯理，在外头应酬也好，独行也好，不急于回去，但心里是踏实的，为了口袋里有家的钥匙。三是牛步，和家人怄气，离开时摔了门，不回去是不行的，回去又伤自尊，徘徊着，最后，硬着头皮——不管怎样，有家，就有底气，就有盼头，就有生存、挣扎、前行的旨归。外出，如求学、上班、社交，乃至受罪，如果有一百条理由，最雄辩的一条是“有家”，它使其他目的变得立体和具体。唯包括母爱、父爱、配偶之爱、儿女之爱在内的亲情，使“离家”有了价值。

我掏出钥匙，打开铁闸的瞬间，想起许多年前一位黑人朋友的自嘲：“怪不怪，我驾车出事，都在回家路上，而且在离家不远处。”我当时想不透，此刻悟出，他要么太性急，要么太大意，都是家的吸引力使然。流浪是风筝，“家”这根线是“慈母手中线”的无限伸延。只要是密集家族记忆，童年印痕和心灵获得皈依的所在，就是无远弗届的磁场，而心，是永恒的磁铁。

（2015 年 9 月刊于美国《侨报周末》纽约版）

世界真小

老妻当笑话告诉我：她的老同学在旧金山一处公共场所，听到一位老太太高声说话，口音是台山水步一带的，便趋近老人家打招呼。老人家年近90，精神健旺。两人聊起来，异常热络。“你认识水步墟的李×兰吗？”“我就是她妈妈啊！”“我的天！50年前，每到星期天，我就步行到水步墟，找上×兰，一起步行回学校去，在你家吃过你做的芋头糕呢！”尽管老太太忘却眼前的准老太太吃过她家的什么，但在万里以外的异国，找到一个熟人，不可思议地简捷，无疑是“世界真小”的绝佳注脚。这一巧合的背后，还隐藏另一个事实：中国著名侨乡台山，移民美国的人口之多。我有类似的切身体验——在国内时认识的同村乡亲，大部分都能在旧金山唐人街见到。

“世界真小”，是用来赞美上述的“有缘千里会”的。其实，论地理距离，论相遇的几率，能小到哪里去？然而，从另一方面看，人所拥有的世界，不要说他日常生活所占的地方，即便是心灵，也可能只占极狭隘的空间。使我触及这一人性局限的，是早晨在蔬菜店所见的一幕：一位年约70的老太太要买香蕉。店员指着货架上大堆的香蕉，请她自行挑选。她说：“都不喜欢，太小了。”店员说，全熟的、半熟的、生的，都在这里了。老太太说出缘由：她每天的早餐，必需两只大的。如果太小，两只不够，三只又太多。店员耸了耸肩膀，不再搭腔，也许暗笑她小题大做。我在旁差点插嘴：蒋介石晚年在台湾，每天也吃香蕉，吃剩的包起来，待下一顿吃。一个新来的侍卫不明底细，把半截香蕉扔进垃圾桶，挨了老蒋一顿教训。我的意思是，大人物能摆平香蕉，何况你。但想及，人到这个岁数，一切都成定规，说了白说。

我从菜店走出，依然盘绕脑际的是这位老太太的生活方式。一个早上，单是香蕉，她费了多少工夫，如果家有计量器，会不会给香蕉称重？定量由谁决定？医生，书籍，什么“功”的大师还是她自己？依据又是什么？已退出人生战场，儿女、孙子孙女又不在身边的老人，像她这般，纠缠于微不足道的事体，自我设限，在极局促的心灵空间纠缠的，有多少？闲来无事，只和自己过不去。一天到晚对着镜子，从头部、脸部、颈部、胸部，一寸寸地看，捏，比较，如有异样，那就不得了。打电话，要立刻见医生，做全身检查。还要查书籍，找偏方——20年前，一位年近八旬的忘年交，每次邀我上茶楼，都这般开头：“哎，不得了！昨天晚上，我几乎昏倒在地……”我当然着急，问是什么病，后来怎么样。经历数次后，才晓得他咋咋呼呼是出于无聊。原来，生病被他视为难能可贵的事功，务必公诸天下。

为小毛病反应过度本来无伤大雅，问题只在，这样做并不能治病，反而增加自己和亲人的精神压力。

老人都年轻过，其中不少理想主义过、气吞山河过，未必不知道雨果的名言：“世界上最宽阔的是海洋，比海洋更宽阔的是天空，比天空更宽阔的是人的胸怀。”如今四肢僵硬、走路缓慢、视力听力衰退、活动范围大为减少，如果精神空间也与这一自然规律同步，可是莫大的悲哀。

一句话，老人务必扩展精神世界，不要为一己“残躯”所困，不要纠缠于身边琐事，斤斤于闲话和毁誉。回忆、历练、经验的累积，是老自然而成的优势，晚年要将之提炼、纯化、升华；而不是反过来，愈老气量愈小、眼界愈窄。老得漂亮，就是老得雍容、厚道、幽默。而这些美好的情怀，只存在于足够广阔的心灵之中。我也够老了，写此不是教训别人，而是自我警诫。

（2013年9月刊于旧金山《星岛日报》副刊）

不合时宜的联想

一、“举我！举我！”

和外孙女小C在院子里玩耍，传球、推车车、捉迷藏，跑，跳，各种各样的游戏玩了一遍。然后，她高高地举起双手，仰起带微汗的脸蛋，向着我。我弯腰抱起她，她却说不。原来她要我两手握住她的腋下，高高举起。好的，照办。廉颇老矣，尚能举否？可以。小宝贝虽不到3岁，但胃口奇佳，体重接近30斤。记得我自己，小学毕业体检那年12岁，身高144厘米，体重60斤，相去太远了。一把把她举起，瓦蓝的天空衬映着，她咯咯大笑。放下来，她的双脚一落地，马上高高扬起双臂，好，再来！如是者十多次，双臂发酸，气喘如牛。我说，公公太累了。她哪里肯罢休？又勉力举了几下，终于明白公公的力气远远比不上爸爸，才就此作罢，拿起蜡笔给填色本上的“朵拉姐姐”的脸涂上最喜欢的紫色。

我靠着栏杆，让呼吸渐渐恢复正常。眼前，忽然响起清脆如黄鹂般的童嗓，“举我，举我！”以为是小C卷土重来，但她还在用蜡笔涂画。哦，47年前的镜头鬼使神差地出现。那时是“文革”，1967年广州城内武斗此起彼伏。我从乡间到了广州，此行也是因为家乡两派酝酿武斗，校内山雨欲来，父亲怕我这个“文斗悍将”被对立派干掉，连催带逼，把我赶出堆着沙包工事的校园，坐上开往广州的长途汽车。

我照例住在叔父家。叔叔和婶婶都是文化馆干部，“文革”前一年搬到房管所分配的单元房。它位于大德路一栋“石屎楼”的第三层。爬三层被煤烟熏得黑不溜秋的楼梯，穿过一条无法让两个人并行的甬道，才能进门。天晓得一层住下多少人。密密麻麻的房间，见缝插针的住客还用松树和杉木皮加上一层。

住下来第二天，和住处隔七八个铺位的机电公司发生武斗，外头的红旗派工人坐五辆卡车驰援，厂内步枪和手榴弹的响声惊天动地。街两边的阳台挤满了看客。枪声停下后，在阳台看热闹的三个男孩跑进我们的房间。是鞋匠全叔的三个儿子，年龄从 2 岁到 6 岁。我和他们玩耍时，逐个把他们举到高处。不料他们上了瘾，每天一早，我刚刚从小客厅里用木桌椅拼凑的“床铺”上起来，只隔一重杉板的三个孩子听到响动，就进门来，在我面前排队，一个个被我双手把住腋窝，举起、放下，被举者嘻嘻哈哈地排到队伍末尾，再来一遍。最贪得无厌的是老三阿广，“举我举我”是他没完没了的央求，我拢共举了一百多次，他还一个劲地嚷，直到他们的妈妈在隔壁，不忍心，叫他们回去。如果他们不停，妈妈就提出不准吃早餐的威胁，他们才乖乖地溜回去。

接近半个世纪过去，忘不了的是小阿广。年龄比眼前的小C还小，城里孩子特有的白净圆脸蛋，眼睛也圆溜溜，眼珠特别亮。我爱他的蛮劲，要我“举”一点也不客气，身躯紧紧贴住我的大腿，双手伸直，被举到高处就哈哈大笑。一天天下来，我和小阿广成了好朋友。

从此，阿广成为我的“广州记忆”的启动键之一。这么多年过去，叔叔早已辞世，婶婶和女儿阿芳搬到新居。我每次和她们谈起大德路的住处，必问阿广怎么样。阿芳和阿广做贴邻30年，当然知道底细。但她只说鞋匠一家因为家庭成分是逃亡地主，早在1969年，也就是阿广兄弟被我“高举”之后两年，被扫地出门，回到粤北乡下，吃尽苦头。1978年，落实政策时全家迁回，但大德路的住处已被人占了，他们住在别处，阿芳再也联系不上。一次在中山五路逛街，邂逅阿广的大姐，匆匆一面，知道鞋匠夫妇已身故，大姐嫁给一个香港人。阿广依然成为悬案。

直到2012年，阿芳在广州街头一个修鞋档巧遇阿广，才解开了寻索了40多年的谜底。20世纪70年代初期，阿广回到广州以后，进了父亲昔年当师傅的皮鞋厂，开始时当学徒，后来成为二级工。幼年时极可爱的容貌，到了青春期变得颇为英武。20 多岁时，他和同车间的一个女孩子谈起恋爱来。在甜蜜的爱河里，冰冷的人生终于有了温暖。厂里的保卫科科长，不知是出于妒忌还是“阶级斗争的弦绷得紧”，竟在厂里散布什么“阿广家属黑七类，在乡下改造了 9 年，刚刚回城”。那女孩子听了，便要和阿广分手。接到女朋友的绝交信那晚，阿广上半夜痛哭，想自己为什么这般倒霉，在乡下熬尽苦头，好不容易回城，姑娘多体贴，却怕我说不定哪一天又给送回乡下去。下半夜老拿拳头捶床板，骂混蛋科长。次日一早起床，早餐没吃，骑自行车回到厂里，站在角落静静等候科长出现。科长进了保卫科办公室，阿广尾随而入，插上门销。阿广两手按住办公桌面，脸孔气歪了，一字一顿地质问，我和你无怨无仇，干吗要害我？我打光棍你就高兴了？科长开头还镇定，竭力否认。后来一想，小小二级工，怕你？便反唇相讥，说：“怎么怪我？要怪怪你家底子不好！”“全是你害的！”阿广失去理智，从茶几上拿起削水果的刀子，探身向前，往科长的胸口捅下去。力度不大，可是触及心脏。10来分钟以后，科长气绝而亡。阿广没有离开，坐在沙发上，呆呆地看着外面铅色的天空。阿广被捕，以杀人罪被判死刑。他不服，上诉，法院考虑到科长在引发纠纷上有部分责任，改判为死缓。阿广在青海劳改场，请家人寄来他父亲修鞋的全部工具。在场里当上专业鞋匠。由于表现好，被减刑三次。22年后，刑满释放，回到广州。

阿芳所见到的阿广。这个被我19岁的胳膊举起无数次的淘气家伙，刚过50岁，满头白发，腰背弯成问号，手指僵直，活像鸡爪，可以想见，为了“早点出来”，他在风沙漫天的劳改场如何卖命地“表现”。

“还是单身，他说算了，为了一个女人，差点吃了花生米，不敢想了。”

我的思绪回到眼前，小C已经给她的“朵拉姐姐”的脸涂满颜色，得意非凡地亮给我看。如今阿广怎么样？还在修鞋吗？他被我高举过头时，还不会思考前途。我的外孙女呢？她漫长的人生又将如何？我们无法代庖，只能寄以祝福。

最后，眯眼对着西斜的日头，想："老"的唯一优势，莫非仅仅在于给芸芸众生中一些人的一生做回顾和做结论？

二、"最后的"和"经常的"

和外孙女小C在院子里玩球，她扔过来，我扔回去。简单的重复。好在孩子的笑，活蹦乱跳的活力，花样翻新的姿态，制造层出不穷的新鲜感。我乐不可支，屁颠屁颠地跑。

就在玩得最投入的时刻，天外有人吟诗，诗句幽幽地飘入脑子内："昔李斯之受罪兮，叹黄犬而长吟。悼嵇生之永辞兮，顾日影而弹琴。……"我兀自一惊，是自已在温习知青年代背下的古诗。没有什么比它更加清晰了。距今47年的1968年冬天，我从小镇回到老家务农，知青时代就此开始。心情的抑郁绝非笔墨可形容。

北风呼吼的夜晚，就着一根松香烛，在比诗情浓郁得多的烟里（因为凭证的煤油用光，须等下月）读书。耽读《鲁迅全集》，那是在省城当文化馆小官的叔父送的精装十卷本。为了鲁迅这一句："要写下去，在中国的现在，还是没有写处的。年青时读向子期《思旧赋》，很怪他为什么只有寥寥的几行，刚开头却又煞了尾。然而，现在我懂得了。"费尽功夫，才从一本祖父壮年所购的古文中找出向秀此文，抄下来，像背《离骚》一样死记。

"公公，走，走！"小C的声音银铃一般在耳畔响，我惊醒，和她一起跑圈，思绪依然萦绕着向秀，"托运遇于领会兮，寄余命于寸阴"。早不联想晚不联想，偏偏和小宝贝玩耍时联想，一定有缘由。终于悟出，是在和古人对比。李斯和嵇康这两位赫赫有名的文士，都不得好死。两人的共同之处是，临刑前的表现为其"不朽"加了分。"二世二年七月，具斯五刑，论腰斩咸阳市。斯出狱，与其中子俱执，顾谓其中子曰：'吾欲与若复牵黄犬，俱出上蔡东门逐狡兔，岂可得乎！'父子相哭，而夷三族。"（《史记·李斯列传》）嵇康呢，向秀在《思旧赋》的序言中称：“嵇博综技艺，于丝竹特妙。临当就命，顾视日影，索琴而弹之。”

李斯和嵇康的作为，放在平日，丝毫不惊世骇俗。牵一只狗，和儿子走出老家上蔡的城门，去逮兔子。烦心之事仅仅是因兔子太狡猾，逮不到或逮得太少。以嵇康的洒脱，手挥五弦，目送飞鸿，即使兴起时把琴弦拨断，也不会计较。李斯死得极为凄凉，嵇康则看得开，不然颤抖的手指不会听指挥。这些都不管，他们都是“最后一次”，这就是我想起的缘由。

谢谢天！我和外孙女玩耍，并非最后演出。除非有极为特殊的意外，明天，后天，乃至明年，我都能够做到。李斯每次逮到兔子，拿来炖还是爆炒，不得而知，我和小 C 玩耍以后，吃浇上蓝奶酪的沙拉和背狗（一种犹太面包），是铁的事实。我不敢妄言这两位名士死得值不值、冤不冤，我只想说，和他们流传千古的“最后”比较，我宁愿取和小 C 做游戏的“经常”。

（2014 年 10 月刊于美国《侨报》）

舍汝其谁

和几位文友聚会，都是老人，不是和我一样老，就是更老。老和病，这水到渠成的搭档，是另类的“熊掌与鱼兼而得之”。疾病和寿数相比，前者虽然多了一点人为因素，但随着“天增岁月人增寿”，其不可抗拒性、不可选择性和不可预测性，都到了教你不敢复制白乐天高调的“家无忧累身无事，正是安闲好病时”的田地。既然如此，何不出于自娱自乐，从中找点正面意义。

比如，一对年过七旬的夫妻，妻子手腕患风湿，难以转动，因此她声称家里的洗碗大业，权柄旁落，改由夫婿包办。他们都是医学院毕业的，来美前男的当外科大夫，女的当儿科医生，来美后不能执业。女的改行开花店，男的考了针灸师牌照，在唐人街开治风湿病的诊所。想及这些专业背景，我灵机一动，问前儿科医生：“你先生替你做过针灸没有？”她说不多。我说，那好，你先生退休以后技痒难解，你不疼，他哪有用武之地？让他替你治，他施展久已荒疏的技术，你获得最高规格的待遇，天作之合！10年前你们夫妻外出旅游，你在途中扭了脚踝，一路由先生背着走。团友说，你娇小，先生魁梧，这一摔使你们成了最佳搭配。两次遭遇比较，第二次富技术含量，更值得称道。退休前各自为了谋生而拼搏，平日累得手脚酸麻，也没敢劳动忙碌的老公。如今，不再是“卖油娘子水梳头”。总而言之，如果必须有人患风湿痛，那么，舍汝其谁？

现实人间，所谓琴瑟和谐，大多数不可能是张潮所神往的“并头联句，交颈论文”，而是这般的侥幸：路上如果挨撞，那车是救护车；家里每天的粗茶淡饭，一方是厨神，一方是美食家；外出旅游，一方精于策划和问路，一方专心看风景；空巢以后，一方以操控一切为乐，一方以甩手掌柜自命。瞎眼的狼被瘸腿的狈骑着走路，各各贡献专长的好事，可惜由“狼狈为奸”这成语占去，否则，拿来描绘夫妻双全但充满缺陷的老境，何等贴切！

说来也是报应，上文所写，是我和这对夫妻开的玩笑，为的是让她忘记手腕的烦恼。不料当天我吃过晚饭，腿累得不行，身体发热。妻来摸摸我的额头，说怕是感冒呢。我便服下两片药，早早就寝。半夜开始出汗，迷迷糊糊中，妻子起床几次，替我揩汗。天亮时醒来，忆及我上次因流感而发高烧，是1990年冬天，距今将近24年。物以稀为贵，那一次的印象极为深刻：夜里不断出汗，妻子几乎没有合过眼，站在床侧替我揩抹全身，换下湿透的衬衫。我就此明白，母性也好，妻性也好，内蕴的爱之中，极可贵的构成因素之一是照顾亲人。这种和太阳与水一般紧要的特质，伴随着儿女从出生到长大的全程。儿女成人、成家以后，我如果提供机会，让她累积的温柔得以发挥，实在是好事。只是，说出来怕她嫌不吉利，我也落个“巴不得生病”的不是。托尔斯泰最恨从来不生病的女人，我揣测原因就是：她自己强壮如牛，便无从感同身受，体贴牛事未了马事又来的丈夫。

推广开去，有些“坏事”是不妨偶一为之的，诸如，如果老婆爱训人，但找不到对象，不喝酒的老公小醉一次。夫妻吵架，若苦于没和好的台阶，一方不妨肚子疼或扭了脚。而朋友之间，制造让对方露一手的机会，比如画家在作品上留白，向擅诗的朋友称“苦思无佳句”，结局都可能是皆大欢喜。

（2014年9月刊于旧金山《星岛日报》副刊）

悬念人生

我素来对赌博深恶痛绝，且天性愚鲁，对和赌相关的玩意儿，从“斗地主”到打麻将，都怎么也学不会。如果非要进赌场，我是会带上书去解闷的。然而，最近游全球著名的赌城拉斯维加斯时，路过吃角子机，因等人无聊，玩了10来分钟，赢上10来块，其中的心理活动教自己大吃一惊。原来，即使我这样和“赌”切割得相当彻底的“非冒险家”，如果有了得宜的外部条件，心的最底层依然跃动某种“解谜”的渴望。

“谜”来自下注。百家乐、二十一点、牌九、俄罗斯轮盘一类手续较为繁复的赌法不说，简单如俗称“老虎”的角子机，只要让它吃进一张纸币，“谜”马上产生。行前友人“祝你好运”的空洞套语就此变得实在。怀着希冀按下按钮，足以鼓动贪欲的音乐来了，钱币吐出的哐啷声被夸张，产生更大的诱惑力。“赔率极低，别做发财梦”，这不是早就知晓的“绝对真理”吗？然而，临场却拥抱另一种哲学：管它几率大小，只要下注，谁敢肯定你不是下一个幸运者？于是，我短暂地受蛊惑，要不是号称赌城品牌的“超级秀”即将开场，我恐怕还要鏖战一番，直到输光。

这段经历，教我对赌博的思考深入一层。不能不承认，较之其他人种，中国人对赌博的痴迷无疑是鹤立鸡群的。个中原因，可从环境、个性乃至集体无意识中探求，笼统言之，嗜赌，源于对“悬念”的追求。在和平时期，我们的生存状况具有“缺乏悬念”的共性。一切都明摆着，过程和结果都可预测，予以描绘；不是没有意外，如车祸、中风、地震、遭抢劫，但那是老天爷的辖区，我们既没能耐也不愿在“不吉利”方面浪费心力。平铺直叙的日子，教人发腻、生厌。于是，不约而同地寻觅刺激。婚外情带来“偷”的新鲜感，旅游带来景色和风情的新鲜感，而更为简单易行的刺激来自赌博。只要涉足赌场，每一张从庄家发出的牌都是未知数；每次揣着赌本进场，待解的悬念都在前面。所有谋划、决策、行动，是悬念的连环套，解了又生，生了又解，“孔夫子搬家——尽是书”之后，依然从事永无休止的“复仇”。

你也许马上批驳我，“久赌必输”不是连赌徒也承认吗？然而，这定论和“人是一定要死的”一样过于宽泛，赌徒们流连赌档时都一厢情愿地坚信，自己是例外，至少，这一天、这一赌局、这一手牌逃得过劫数。在命运揭开底牌前，多少次剁手指式的誓言“就此一搏，下不为例”，都不过是“抖包袱”。简言之，赌博是悬念的生灭循环。如此说来，戒赌的釜底抽薪之法，是给生命设置别种悬念，进而破解之。

庸俗、重复的日常生活，钝化我们的好奇心和想象力，这确实是宿命的遗憾，然而，悬念绝不仅仅在筹码的交换中。赌场之外，美好的悬念，只要费心，找到的可能还是蛮大的。它在钓竿下的水里藏着，在花园的蓓蕾里含着，在雪地里埋着，在湖波上漾着，在诗集和蔬菜的行行垄垄中生长着，在葡萄园和橡木桶里酝酿着，在早春的梅树、深秋的枫树上挂着，被风筝背着，被婴儿熟睡的眼帘盖着，被恋人的拥抱围着。还没说到汗牛充栋的书，罗列并诠释着，宇宙之大、品类之盛，其中至大也至微的悬念。

不错，你可以预先把一天、一周乃至一月、一年的事做出有把握的预测，并让消逝的时间做出证明，前提是自己及亲人安康，社会一如既往地静好。而这，偏是你必欲改变的“无悬念人生”。你何不换个角度，建立和破解一些健康的悬念？陶艺家把精心制作的陶器放进炉子，并不马上预设结果，因为“天意”将参与，那就是炉内高温所催生的“窑变”。你把生命之火烧旺，悬念就在其中变身、升华。人生的奇妙，就在因创造而来的系列悬念之中。

（2015 年 11 月刊于《侨报周末》纽约版）

“老”与“爱”

网络载，2014 年 10 月 21 日，在深圳东门老街步行街前发生纠纷，导致路人围观。事情是这样的：一对青年男女 2013 年 3 月认识，约会一年多以后，今年国庆长假一起见了家长，定于年底结婚。拍婚纱照这一天，准新娘忽然深谋远虑起来，扮成 70 岁老妇，披上婚纱，要这般上结婚照。男子并非毫无情趣的榆木疙瘩，人家穿上西装，带上写上爱的宣言的横幅前来。面对着老得如此神速的未来妻子，本来已承诺爱她到老的，但万万想不到须马上接受试炼，先是好言相劝，请她重新化妆。她不肯，将对方不接受她的装扮上纲为“只爱年轻的容颜而不爱真正的内心”。两人大吵一通，男子气极离开，披婚纱的女子蹲在地上痛哭。好事者将这则带多幅照片的“世说新语”式逸闻放上网络。

正是“天下本无事，女人自扰之”。好端端的拍照，被一个急于变老的奇想害得泡汤。当然，黑锅让男子背也不是不可以。如果他多点脑筋急转弯，加以变通，也化个头发如“胡椒粉加盐”的老头装，一起龙钟其事，拍过“老”照，再洗掉铅华，回到青春，拍标准的结婚照，岂不皆大欢喜？

这一纠纷，起因首先在男女思维的天然差异。男子遇到问题，本能反应是“如何解决”。约会中，女子说冷，男子马上脱下外衣，披在伊人肩上。殊不知她要的是抱抱。女子说头疼，男子想到药，而她要的是被哄，听甜蜜蜜的情话。上文扮老太太的宝贝，出现在对象面前的那一瞬，他难以接受毫无道理的搅局，说出“你这样让我丢面子”“我就说爱年轻漂亮的姑娘，不年轻不好看谁会要”一类气话，而不会做退让、折中。茶杯里的风波，化解的良方是幽默感。

看整个事件，始作俑者在女方，她在“年老色衰时是否被爱”这一千古难题上纠缠不休，论远见是没得说的，可惜失之幼稚，没有顾及一个常识：从披戴婚纱起算到70岁，40多年间充满变数。难测的“天数”（如对方变心、意外、疾病），单说她一方面，是否对他专一、体贴，是否善尽为母亲和媳妇的职责，和亲人的关系是否和谐，性格是否可爱，这些填空题只能由递增的岁月去填写。她未必能替自己做保证，即使做了也算不得数，比如，被粗暴的老公狠揍了之后哭着发的誓，就不是出自真心。万丈高楼从地起，与其担忧渺不可及的以后，不如目前在婚姻的地基上，以真诚的奉献铺下第一行砖。

天真的准新娘思想上另一个误区，是要他马上爱她的老。她忽略了另外的常识——“老”是“为山九仞”，走到拍婚纱照的阶段，顶多算铺上“第一层土”。牵她的手走进婚姻的年轻男子，要和她一起，以漫长的劳作，以一点一滴爱意的累积，以彼此的体贴、对儿女的呵护、对包括双方父母在内的长辈的孝敬，走过漫长的一生。在这个漫长的过程中，恋爱之际的激情被琐碎而实在的生活取代，除非争吵，家里是宁静的，喧闹的只是绕膝的儿女。双人床上，因为过分熟悉更因为无日无之的烦恼，如何重新点燃爱和欲的火花。这等问题，比起儿女的学费和怎样体面地、省俭地给七大姑八大姨拜年等事体来，不值一提。所以，别以怜悯的眼光看公园小道上挽手而行的老两口，他们水到渠成地给婚姻交出了相对圆满的结语。请注意，只有走过漫长人生才可能做出总结，而并无多少根据的预测水分太多。唯恐不能马上老到70岁的准新娘，能否经受一重重磨炼，迎来那一天？这才是她要自问自答的问题。

（2014年10月刊于旧金山《星岛日报》副刊）

一张地铁票

我在旧金山一个地铁站，好不容易找到人工售票处。这个城市的公共交通点内，自动售票机触目皆是，但机器不会自动吐出打折扣的车票。我满 65 岁，算得上名正言顺的“老人”（英语社会忌用这个使人扫兴的称谓，官方叫“资深公民”，华人叫“耆英”），可以买相当于普通票价三分之一的优待票。售票的女子是中年同胞，我对她说英语，她本来伶牙俐齿，出票时却反应迟缓，似是怀疑我自报的年龄。这种疑问，如果施与大妈，可算妙不可言的误会，但我凭对“老”超乎寻常的自信，掏出载有出生日期的驾驶执照让她看，她略带尴尬地说：“那倒不必。但是我还是要提醒我们中国人，不要占这个便宜，上了车给警察查出，挨罚200元，破财兼丢脸。这样的案例见得多了。”我顿时生出一丝不快，认为她是“指着和尚骂秃驴”。

尽管我的民族自尊心稍为过剩，也不能不承认，这位售票员所说的是事实。贪小便宜和随地扔垃圾、吐痰，在公众场所喧哗乃至大小便，确实是部分同胞的痼疾，走出国门以后不加收敛，引起外族人的反感。对这些民族性格中的负面因素，以另文说。我这里提及的，是移居海外的一部分中国人的一种特征：气量狭隘。先要声明，这不是手电筒，“一部分”完全包括我在内。

还是回到售票员去，据我所知，非老年人，非残障人，却买优待票，并非一部分爱揩油的中国人的专利，哪个族类均有。可是，这个女子特别看不过眼的是同胞。鲁迅有一说，从旧营垒中来，对旧事物看得格外分明，是故反戈一击，易置敌于死命。“旧营垒”换为“中国营垒”，便是说她。就事论事，她没有错。但我着眼的，是较为普遍的中国国民心理。

和“泱泱”不般配的，就是这样的特征：狭隘。在全体中国人居住的母国，由于缺乏参照，在一窝蜂的态势下，在法不责众的幌子下，无非“彼此彼此”。在美国的多元社会，五方杂处，族裔众多，特征就较为明显。我在新大陆待了30多年，自问在两方面勉强够格，一是摈弃“族裔”的有色眼镜，不会只根据肤色揣度对方的为人；二是谈论同胞的气量，取“最大公约数”。且举数例：

对同胞比对外族苛刻。我自己和相当多在美的中国人有这样的体会：在职场，上司是中国人，未必是好事。和“亲不亲，家乡人”的成规相反，中国人当了上司以后不能把你和别族裔同事置于同一水平，相反，待本族人不那么公平。一位中国留学生，请求某华裔教授写一封推荐信。教授严词拒绝，学生惊问缘由，他说，就因为你是中国人。教授的宗旨是避嫌。他生怕人家说他偏袒，被异族指为歧视。这类人在来美初期，或多或少受过歧视，被目为“二等公民”（这里还有分教：未必真的受到歧视，但“弱国”国民的思维定式，使他们神经过敏，把一切都往“人家看不起”上挂）。精神创伤导致他们在处理族裔关系上脱不了杯弓蛇影的架势。

难以容忍同族中的出色者。洋谚云，最教人痛苦的，莫过于朋友的成功。这一条，用于我们身上格外贴切。犹太人开商店，不和自己人竞争。中国人相反，同胞的店哪里密集就在哪里挤。蛋糕能不能做大他不管，他只热衷于从“现成”分一份。几乎可视为“天性”的嫉妒心，源自农民的平均主义根性。不患贫而患不均，一起讨饭可以，你想独自发财？我岂能眼巴巴看着？

把宽容视为恶德。好斗的鲁迅声明，生前的敌人，“一个也不宽恕”。殊不知，他的“死敌”中，包括一次饭局中对他抽烟不满的朋友。痛打落水狗，费厄泼赖必须缓行，排斥绅士风度，热衷于彻底、不妥协，以留余地为耻辱，以“做绝”为明智。

由于缺乏气量，唐人街内斗历来成为全社会围观的大热闹。为了能否当上主席、会长，为了排名的先后，为了当局的邀请名单，大至会章小至某次开会的程序，开始时未必是意气用事，但越到后来越聚焦于面子，宁可破产也雇请律师，乃至雇黑社会的打手。我们的文化中，缺乏“退”的讲究。孔夫子倡中庸，悠悠千年。然而，不是“过”就是“不及”（以“过”为主），成为我们难以更换的民族性招牌。

气量狭隘，根子在于无自信。总觉得比不过人家，总认为人家看不起自己，先入之见已成，便在“被看不起”之前做预防性出击。我自己曾是这等人物，长夜梦回，反省自己半生所做的卑污事，少数出于利益的考虑，大半乃出自和利益无关的妒忌心。

我手里拿着同胞卖给我的地铁票，上车以后，气慢慢平了。我还是要加强反省，在晚年成为较能容忍、有点度量的智者吧！

（2014 年 5 月刊于旧金山《星岛日报》副刊）

人性的表面

开过多年餐馆的陈老板是我的朋友，最近退休。他和我在咖啡店谈人性。他说，一个人的影子在脑际盘桓 30 多年，这个人所牵涉的谜团迄今得不到令人信服的解释。

20 世纪 80 年代初期，他买了一个小餐馆。那是艰难的新移民草创阶段，钱特别紧巴，偏偏餐馆位于旧金山市中心附近，一切得照章办。比如说，洗碗设备，要给卫生局打电话，请稽查员到现场来检验。第一次，稽查员进门，递来一张名片，姓氏是杨格。40多岁的白人，黑头发，可能是意大利后裔，中等个子，说话柔声细气，神情永远是温和之中带着孤高，你可以和他平等地交谈，但休想套近乎。一切都按规矩办，他在厨房转了几个圈，对新老板有关“为什么没有洗碗机”的解释表示有限度的认可。下一步怎么办？他说，你可以用水槽洗碗，酒吧间也是这样洗酒杯的。水槽必须两个并排，一个放洗洁精，一个放热水。杨格先生还详细问，知道去哪里买不锈钢水槽吗？说完，从公文箱拿出一张图，告诉陈老板，哪个型号既合规定，又不太占地方……最后说，你抓紧，安装好了马上通知我，不耽误开张。陈老板一一照办，心想，这洋鬼子人真好！

第二次，水槽安装好，致电卫生局稽查处。杨格先生马上上门，风尘仆仆的模样，一进厨房，就拿起一只杯子，打开水龙头，盛了一杯自来水，再从口袋里掏出一个纸袋，那是一个三明治。杨格先生一边啃冷冷的三明治，一边抱歉地说，今天特别忙，跑了三家，怕耽误你们，顺路来……老板有点慌了，别说人家是有权随时给你穿

“小鞋”的官员，就是别的朋友进来，也得招待啊！连忙打开电冰箱，拿出鸡蛋、叉烧和葱花，说，杨格先生，给我面子，我现做午餐给你，滋味再差，也比你的三明治好，呵呵。杨格先生摆摆手，浓眉拧起来，说，绝对不可以，谢谢。话不重，但毫无折中余地。老板只好作罢。言归正传。杨格先生检查了水槽和水管，认为符合标准，在检查单上签了名，最后说，有什么问题，尽管找我。开张以后，杨格先生还来过一次，带来洗碗液，说这种牌子的合乎卫生规定，你用用看怎么样。陈老板激动得当场流泪，多好的人！皇天在上，杨格先生没有收一个铜板的好处，一味帮忙，就差掏腰包了，出于什么动机呢？陈老板不敢肯定，只提及，杨格说了几次，你来美国才几年，事业刚刚起步，这难处我晓得。

一年之后，因为择地不善，陈老板的餐馆遭受毒贩和流浪汉的包围，客人不敢上门，生意极为艰难，只好以贱价出让。买家是上海来的汪女士。她野心勃勃，认定这里接近市中心，一家含上千房间的大旅馆即将在对面兴建，一旦治安好转，就会变为摇钱树。汪女士接手以后，关门一个月，进行彻底的改造。厨房重建，少不了又劳动卫生局稽查处。上门检查的还是杨格先生。可是他变为另一个人，如此不近人情。汪女士好几次打电话，给前任老板抱怨，你不是说他人好得不得了吗？今天进门，硬是说排气管从抽油烟机旁边经过不合规范，要拆掉。我对他说，这是上一任老板安装的，以前你来检查，在检查单上签名同意，为什么歧视我？杨格先生说，“比较”没用，按章办吧。第二次，第三次，还在找碴子。害得汪女士改这换那，焦头烂额。最后一位朋友劝她改变策略。下一次，杨格先生进门，汪女士满脸堆笑，说：“一个小忙请帮帮，我的朋友去纳帕谷马田酒庄游览，买了一箱子葡萄酒，他顺路来看装修的进展，临走留下两瓶，我对酒精过敏，劳驾您收下。”杨格先生微笑着点头说，好，收下了。最后一次，汪女士在一个问候卡里夹上200美元。他打开看看，没说话，爽快地签名，批准开业。哎呀，我的妈，给这小贪官害得够呛！

陈老板说，开始时我还为杨格开脱，怎么可能？别看受贿才200美元，逮住了要坐几年牢。然而，汪太太坚持说，他就是这样的人物。“我知道，他不喜欢我，把刁难我作为享乐！”汪太太恨恨地说。

陈老板苦笑着，对我说：“从此，两个杨格在我心里打架，他们都是真实的。为了检验汪太太那个杨格，我费了不少功夫去了解汪太太的为人，终于确认，她没有骗我。最主要依据，是彼此并无利害关系，她没必要。”

他继续说：“好杨格和坏杨格，是怎样形成的呢？我花了30年，列出所有可能的理由：杨格是同性恋者，对我有好感（尽管他从头到尾没表露过），同时，对女性有天生的厌恶；在和我打交道那阵子，心理上较健康，能够抵御诱惑，以后则否；和汪太太打交道那段时间，发生变故，需钱救急，如家里有人去世、失恋、染上毒瘾。还有，前一段，杨格的稽查作业受严格监督，后一段则否；在后一段杨格听到风声，即将调职，赶紧捞一把。可能性多种多样，人生就是偶然性的总和。但压断骆驼脊背的那根‘最后的稻草’没有找出。一年年过去，没有再碰见杨格，他早已退休，如果在世，该是70开外。”

陈老板问我的看法。我想起梭罗的日记，其中一段话我读了多次：“人性只是体现在外表上。我认识了表面的人性并不能与我的性格相符这一点。”我和陈老板交换意见：按梭罗的说法，人的品性含两个层次：“表面的人性”和“性格”。前者是流动的水，随物赋形，依势而变。后者是中国人所称的“江山易改，本性难移”。具体到检查一事，杨格的态度判若两人，会不会出于这样的深层心理？陈老板老实巴交，操着结结巴巴的英语，那时是穷困青年，凭借的仅仅是勇气。碰巧，这位穿沾满油漆的牛仔裤的中国人，以憨厚、诚实、卑微中所透露的倔强和杨格的某种情结发生碰撞，受到杨格的欣赏，于是，杨格在这一对关系中，乐于成为扶持弱者的好人。至于汪太太，她是从香港待了10年才来美国的上海人，久经商场，知道“体面”是做生意的第一张名片，哪怕餐馆内部拆得一塌糊涂，她在里面指手画脚时，依然一副老板娘的尊贵模样，颈项下必戴珍珠链，一副冷傲做派。她的东方式含蓄被杨格视为傲慢，相较之下，来美才两年的土老冒陈老板的单纯，反而让杨格感到怜悯的快意，进而下决心帮忙。为什么杨格连底线也放弃，收受为数不多的贿金？“一不做二不休”的心态背后，可能是曲线的“感情寻租”，葡萄酒和钞票反而成为象征物。

“表面的人性”，遇到不同场合、不同对象、不同时机，在诸多外界和内部因素的合力下，呈现各种姿态。而梭罗所指的“性格”，就是底部。性格无美丑、善恶之分。性格规定了你的态度。比如，你是柔和型，不管怎么被激怒，都不会发飙、施暴。遇强大外力，是软弱；遇较弱的对手，乃是优雅。你是冲动型，在战场上，是勇敢；在和平时，乃是鲁莽。杨格先生的性格，该属细腻、内向、敏感型。那一年他依然单身，待人接物容易受荷尔蒙水平左右。此时有伴侣，性生活和谐，安宁喜乐，能宽以待人，怜悯、同情这些正面的人性被激发得多一些，使得陈老板意外受惠。彼时失恋，心情恶劣，便把矜持的汪太太作为间接的发泄对象。

陈老板最后下了结论：从杨格的个案可以看到，恒久的人性，不变的是基座，即本性部分。而进入人际关系的人性，却是变动不居的。那么，陈老板的杨格，汪太太的杨格，哪个是真的呢？都是真的。明了这一点，好处是：人性不是“霜刃未曾试”的“十年磨一剑”；人性不是“货与帝王家”的“学成文武艺”；人性不是可以预先准备，再拿到人间去施展的玩意儿。人性进入特定关系，才和其他因素一起，去塑造出属于此时的面貌。这就是“表面的人性”。而性格，是遗传、血型和后天环境联合打造的相对稳定的因素。我们可以改变表面的人性，而对性格无能为力。可以说，表面的人性提供方向，性格提供方法。

准此，“环境决定论”优于“狗走千里吃屎”的本性决定论。

咖啡喝完，众友依然带着迷惑，但时间已到。反正，这等探讨，作为晚年鸟瞰人寰之后的省思，大有益处。

（2014 年 4 月刊于美国《侨报》）

选择即自由

一个有关营销的故事：卖辣椒的老太太把小摊子摆在路旁。一位顾客问她：哪些辣？哪些不辣？如果老太太回答时用全称判断："都辣"或者"都不辣"，肯定排斥一部分购买者。老太太说，颜色深的辣，浅的不辣。这天碰巧买不辣的顾客居多，不久，只剩下颜色深的。另一位顾客问同样的问题，老太太说，长的辣，短的不辣。顾客把长辣椒拣走了。还有一位顾客，看到的全是深颜色的短辣椒，还是问辣不辣。老太太说，硬皮的辣，软皮的不辣。旁观者对老太太的应变能力无比佩服——辣椒被太阳晒了半天，许多已变得软绵绵。老太太顺利地把辣椒卖光。总结这个故事，若单着眼于“卖光”，当然是成功的。可惜仅仅是一锤子交易。它的致命伤在于无诚信，明明是同一种辣椒，并无“辣”和“不辣”的明显区别；而辣，毕竟有相对客观的标准，而不能随心所欲地“指派”。买者回家一试，马上晓得货不大对路，下一次遇到档主，不责备已算宽厚。只有货真价实能吸引回头客。

如果非要从“骗的故事”找到启发，那就是“选择”的制造。何谓自由？第一义是拥有选择。就一定范围而言，选择愈多自由度愈大。但无限的选择不意味着毫无挂碍的自由。20多年前报上一条新闻称：美国的超市供应的咖啡达两千多种，让喝咖啡者难以取舍。伊索寓言中的驴子，因为栏里放着两捆干草，它为先吃哪一捆犹豫复犹豫，最后饿死。当选择超过干草的一千倍时，面对琳琅满目的货架，顾客的狼狈可以想见。

回想起我曾经经历过的那个极端的年代，以消灭选择为首要任务。主义只有一个，思想只有一种，舆论只有一种，书只有一类，这是上层建筑方面的统一。统购统销的年代，粮食、肉类、油、糖、棉布、肥皂、自行车，都凭票购买。虚实两方面，从上到下的绝对权力，首先制造匮乏，其次剥夺选择。在人们只求“有没有”的时候，自然顾不上“选哪一种”了。把老百姓的根本性选择（如信仰、职业、住处、思考和发表）全数拿走之后，还制造等而下之的选择。比如说，以早已不存在的“阶级”划线，强迫人就“立场”做选择。选错了的，被划归“敌人”一边，予以严厉的思想整肃和经济剥夺。在物质方面更是如此，城里人只能在“半饥半饱”和“挨饿”二者中选择之际，还能分心于粮管所出售的大米是三号、特二还是掺沙子的杂牌？赚“大寨式工分”的农民，要么辗转于贫困与饥饿，要么逃荒乃至成为饿殍，哪里想到命运不该如此，他们可以争取较好的前途？

从前的中国，剥夺选择的另一种伎俩就是以“更大的灾难”作威胁，强迫你“两害相权取其轻”。这就是鲁迅在《无声的中国》里所描述的：“譬如你说，这屋子太暗，须在这里开一个窗，大家一定不允许的。但如果你主张拆掉屋顶他们就来调和，愿意开窗了。”

这么说来，选择有两种方向：向上和向下。前者指以进取来拓展选择的可能，后者指自我设限，在愈选愈窄小的空间里面折腾。以家庭开支为喻，如果入不敷出，出以前者，是外出兼职，找待遇较好的工作，努力增加收入；出以后者，是把购物单删减，压缩开支。如果有幸生活在可作“向上式选择”的地方，你充满开拓的野心，为人大度、慷慨、爽朗。如果你只能选择向下，那么模式只能这样：今天选择吃猪肉还是海鲜，明天选择吃猪下水还是五花腩，后天选择吃肥肉还是骨头，大后天没肉，只能选择吃大路货的青菜还是贵一点的芥兰……到最后，身为当家人，须给全家大人小孩分菜分饭。

（2014 年 11 月刊于美国新泽西州《汉新》杂志）

闲与闷

一群退休者聊天，大半人认为不该这么早就赋闲。话题展开，大家引出许多例子，证明未到 70 岁、身体依然不错的退休者中，有不少或多或少地吃后悔药。他们的共同特点是：一是经济状况良好，毕生积蓄加上退休金，寿终正寝前可保日子滋润。二是身体不错。这样的人物，赚钱确无实际意义，即使为了增加安全感。不能保证他们不出意外，但都已过 65 岁，医疗费由联邦政府负责。将来，老到生活无法自理，被送进收费的疗养院。对此也想好了，到那一步卖掉房子就是。总之，他们把“退错休”列为仅次于“入错行”“嫁错郎”的错误，原因属于形而上方面，通病是：闲出闷来。

“拿今天来说，早上在咖啡店和一群老友聚会，算是最快乐的。往下，全天只好填上‘无聊’。在家待不下去，上唐人街。走进朋友开的烧腊店，聊一会儿天，人家在做生意，虽口口声声说没问题，也不好厚着脸皮赖下去，告辞。再找一位朋友，人家在上英文课，下课后见了一面，对方要做作业。只好独自逛街。中午，进‘老人中心’花两块钱吃午饭，你问菜怎么样，真答不上，因为心不在焉。午后在家睡懒觉，和家人说说闲话。晚饭后看电视。”交情超过50年的朋友这么交代他的流水账。

也是这位朋友，65岁那年，所供职的公司裁员。老板照顾这位资深员工，让他上班的时数从一天8小时缩为3小时，他干脆一走了之。投闲置散才3个月，他便受不了：“其实，3个小时加上路上的时间，大半天给打发了，多好！”

真教人哭笑不得，上班时为忙所苦，渴望早早把闹钟、时间表、传呼机这类意味着“时限”的玩意儿扔掉。待到获得“逍遥”的全部可能——闲暇，获得经济能力和健康的体魄之后，却视之为另一种“压力山大”。

许多人马上给这类“闲不得”的人物开药方：这还不容易？当义工，旅游，钓鱼，打麻将，去赌场，打高尔夫球，唱卡拉OK，种花，跳舞，看电影，听音乐，学陶艺，练书法，绘画，摄影，烹调，插花，编织，逛博物馆，听讲座，最不济到唐人街公园去，在星罗棋布的牌局插一腿。他们智商都不低，看从前的成就就知道，并非不懂消闲，可是提不起兴趣来。

先前，我主张为退休做准备，最明智莫如培养一种以上的兴趣，沉溺其中，乐而忘返。如今深一层思考，闷的根子在精神的“主干”。即便是最能消耗时间的嗜好，也和其他消遣一般，附着于主干。主干不在，其余的便垮作一堆。从前，“上班”是主干，有这定海神针，加上工作所带来的成就感、稳定感以及必不可少的疲乏，“闲”自然是美好的调剂。一旦撤掉“主干”，欠缺宗教情怀的人，无所皈依，遂惶惶不可终日。

怎么办？人老了，思维模式、生活方式、消费模式、价值取向，都近于定型，要改，谈何容易？基于这一点，我忽然理解一个近于笑话的事实：一群退休的有钱人，每天坚定地实行“货比三家”策略。先浏览广告，剪下减价券，再进店细细挑选。如果稍后发现另一家更便宜，就另买，将已买到的退掉（哪怕是一个不值一百元、具自动加热功能的暖水壶，它可是往返数次，耗时多天才买到的）。全家外出旅游，中午为了吃一顿饭，从12点到两点，他们进出于10家以上的餐馆，看菜单，比价，查看质量分量。选定地点时，孩子已饿得脸色发青。这一群体中的某位女士回到家乡，花3天找到“最便宜”的理发店，请朋友开车一个小时，去理12元人民币的发。他们并非小气，而是时时处处满足“不吃亏”的心理，这是一辈子的积淀。老来，歪打正着，这近于愚昧的可爱习性教他们活得津津有味。

（2014年10月刊于旧金山《星岛日报》副刊）

今天“庄严”了没有

那天，独行时异想天开，一路上，见多了若有所思的人，微笑的人，木然的人，低头看手机撞上电线杆的人，戴上耳机和别人通电话、形如自言自语的人，边走边舞的人，并肩而沉默的人，并肩而絮谈的人，三五成群嘻嘻哈哈的人。不错，强调“活在当下”的时代，不但有把麦克风伸到行人的鼻子下，拦路问“你幸福吗”的电视台记者，你自己也生怕错过任何快乐，在大街上一有热闹就凑，为小丑和机器人的表演大笑。

那么，且回答一并不复杂的问卷：可看到“庄严”的人？或者反求诸己，问：今天“庄严”了没有？

回答是：不容易，很不容易。在著名寺庙里，那些做工精良的菩萨像，脸相是庄严的。道行高深的牧师、神父、师父和台下虔诚的信徒，常常是（但并非总是）庄严的。在教堂的弥撒会、告解室、神像前的蒲团上正在祈祷的群体，找庄严的脸孔肯定比在街上找容易。此外，在灵堂，在墓碑前，在飘动的招魂幡下，在哀乐和布谷鸟悲啼环绕的环境中，悲哀的人如果有较为高尚的情感作承托，也能表现出庄严。至于哲人，如果他眺望远山时，聚焦于某个玄想，那么，不经意间也流露出庄严来。而“哀愁”和“沉思”二者，界限颇为模糊，所以木心说：“‘明哲’仅仅是亮度较高的忧郁。”这么一边想，一边寻找，“庄严”的脸孔阙如，未必绝对没有，我来不及发现，或者，深层的、隐藏的庄严，由于我的鲁钝而失之交臂。

下一个问题，幸福据说是不可缺少的，然则“庄严”呢？从满街的人中找不到庄严之相，不等于需要庄严。

出于同样道理，在餐期以外看不到据案大嚼者，岂可武断地说吃饭没有必要？庄严之必要，第一位的原因恰在于：人一天到晚难得庄严。庄严来自深刻的自省，唯对个人修养怀有严格要求的人，才坚持一天内必抽出时间检讨自己的思想与行为，下改错的决心。庄严来自对崇高事业的承诺与投入，为全人类造福的工作偏偏容易受到误解、非难，在逆淘汰成为主流的社会，当好人肯定比当坏人吃苦头多，你临睡前要爱抚心上的伤口，默默地为自己加油。庄严来自纯洁的思念，对远方的爱人、对天涯的知己、对在海外求学的孩子，你遥对星空，想他们的好处，祝他们平安。庄严来自创造性劳动，雕塑家面对一尊即将完成的雕像，作曲家在钢琴上试奏新成的乐章，诗人把一首呕心沥血之作寄给报章……总有某一个时刻，他们满足、欣慰，进而为“对得起人生”而凝神。如果碰巧从侧面经过，你将惊讶地发现，对方有如神灵附体一般。

回到家，读沈从文传记。1952 年，沈从文在土改工作队刚过 50 岁生日，就参加了一场批斗恶霸地主的

5000 人大会。回来后给儿子写信，说轰轰烈烈过去后，“山道上敲锣打鼓”“反而给人一种异常沉寂感”。原来，发生在土地上的一切残忍、流血、喧嚣，总归“被土地的平静所吸收”。这是“离奇得很，也庄严得很”的亘古真实。沈从文进而指出：“一切英雄豪杰、王侯将相、美人名士，都成尘成土，失去存在的意义。另外一些生死两寂寞的人，从文字保留下来的东东西西，却成了唯一连接历史沟通人我的工具。”这么说来，表情的、姿态的“庄严”未必具有实质意义，尽管那么罕见；我们需要的，仅仅是内在的庄严，哪怕只是片刻。

（2014 年 8 月刊于旧金山《星岛日报》副刊）

独　坐

回家路上，居然为这样渺小之极的计划兴奋：用袖珍粉碎机研磨10克从印尼巴厘岛买的咖啡豆（号称“黄金”，而且是“公”的），用过滤纸盛上，放进咖啡机，灌入被前任市长称为“比任何瓶装水纯净”的旧金山自来水。配以也是在巴厘岛买的椰子粉，糖是不下的了。一杯香味四溢的咖啡，一块苹果派（三天前从“幸运”超市买的降价货），放在临窗的饭桌上。坐对蔚蓝的天、绿树、乌鸦和鸽子掠过的身影，以及1000米以外的太平洋。

对了，家里必须只有我一个。除了电冰箱的微响，别无声音。知趣的老妻，仿佛预知我秘密的盘算，在我到家前外出了。我拥有可爱之极的孤独。想起柏拉图把“晚年独坐，想快乐的事”列为赏心乐事之最，对之发生强烈的共鸣。是啊，至乐之境，我无意间进入了！孟子的《齐王好乐》篇有问答：“独乐乐，与人乐乐，孰乐？”回答是“不若与人”。“与少乐乐，与众乐乐，孰乐？”回答是“不若与众”。此刻，我与咖啡杯同乐，和没打开的电视机同乐，和懒洋洋地款摆的海波同乐，与“自我”同乐。

一边徐徐品咂咖啡，一边享受自恋式的乐，悟出一条道理，“自我”这个“我中之我”，要快乐就须清空自己。昨天读《夏济安日记》，里面频繁出现英文字“ego”（自我），这位暗恋女学生多年却羞于表白的大教授，他的“自我”囚禁在世俗成见中。具体到我们这一代，还得驱除恐惧。在著名外交家和翻译家傅朝铸的回忆录中，读到一段惊心动魄的逸事：担任中国首任驻美大使的黄镇将军，不论去哪里，都带着一把利剑，晚间放在枕下，不然断断无法安睡。这一从战争年代维持到20世纪70年代的古怪习惯，竟连其夫人也不知道。傅朝铸之所以发现，是因为黄镇把剑放在行李箱，带到美国，过境时被搜出。黄镇是老红军出身，枪林弹雨中过来。明来的未必可怕，极端残忍而诡诈的内部斗争却让他多了一种本能——提防暗算。基于这把寒光凛凛的利剑，我们还用问：黄将军快乐吗？幸运的是，我早已驱除恐惧的魔鬼。

风掀开帘子，爱抚我的一脸皱纹。时光啊，慢些再慢些。老妻啊，你尽管串门去，瞎拼去，钱爱花就花，越晚回来越好。我静静地想“快乐的事”。这辰光，我的心也如咖啡机上端的过滤器，它滤掉渣滓，不但摈弃忧愁、怀疑、遗憾、侮辱，也拒绝光荣、成功、吹捧、奖杯和名衔。此刻的快乐，须是没有鞭炮和锣鼓陪伴的，须是独自完成的，须是具有天生的自由自在和哲学的深度的。我一一数来，先入选的是写作和读书。而且，不是勉为其难的硬写，而是意兴飞扬的宣泄，是探赜索隐后的豁然。前者，多半是在多天脑筋僵滞，而灵感不期而至的时刻；后者，常在解透作者用心的顿悟中，尤其是读纪伯伦的《先知》，挑战理解力的极限，而终于有所得，乐何如之！

悄悄地乐，咖啡凉了，乐在继续。秘密的小消遣，是待启封的坛子，盛着快乐的醇酒。对着电视上的警匪连续剧《犯罪心理》，剥烘焙的花生，壳簌簌有声。临睡前，偷偷倒小杯威士忌，就着一块奶酪和饼干，小口小口地喝。在电影院看最新的片子，观众不到10名，各据一方，嚼爆米花如老鼠啮食。黎明，在长江逆水而行的邮轮，爬上最高的平台，打一路不地道的太极拳，两岸的峰峦探头看我。这些难以为外人道的小小消遣，就是至乐。

（2014年8月刊于旧金山《星岛日报》副刊）

裤链问题

引述网上一个资料（它的真伪和意旨均不必计较，着眼的是趣味）之前，且荡开一笔，说说和“拉链”关系密切的“裆部”。广东有一嫌粗野但一针见血的俗语：“凡裤裆布必臊”，榫合辩证唯物论的“存在决定意识”，但只针对概莫能外的生物性，虽可拿来演射，总嫌过于取巧。而况，“裤链”之为用，虽不可绝对排除“掩盖尿臊味”一项，但主要是两种：一是便于方便（无他，方便时须把裤子整条往下卸）；二是遮住内裤。附带说说，男士中的极端派，不穿内裤，又忘记拉上裤链，由此衍生若干带“色”笑话。比如，某企业执行长因此而被女秘书提醒：“您的车库门没关。”玩幽默的执行长马上“关”上，为掩尴尬，问：“刚才看到什么？一辆威猛的路虎是不是？”漂亮的女秘书耸肩答：“倒没有，看到两只瘪气的旧胎倒是真的。”

言归正传。行年49岁的局长大清早上班，裤子拉链忘记拉上，露出红色内裤，他丝毫不察，意气风发地上楼去。从一楼到六楼，局长大人依次遇到以下人员：一、男性门卫。二、女性团委书记。三、行政管理科长。四、办公室主任和纪检主任。五、审计科副科长。六、审计科长。七、副局长。八、书记。九、全局干部。

一出短剧，出场人物中除了书记，都是级别比局长低的。高潮出现在全局干部会。“局长挺胸抬头，带着一群党委成员走上了主席台。他的裤裆仍张着大口，但全场鸦雀无声，都装作一无所知的样子。”

尾声是这样的：局长在众目睽睽下活动了四个小时，直到小车司机接他时，目瞪口呆地指着他的裤链。局长低头一看，一声不吭，把拉链拉上了。

耐人寻味的是各人的反应：第一种，来不及（第一个看到的门卫，没想好怎么说，局长已走过）。第二种，推搪（女团委书记想，这种事怎么好由女同志说）。第三种，踢皮球。局长走过后，办公室主任和纪检主任小声吵起来，前者指责后者没履行纠正之责。纪检主任反驳说，问题虽然发生在裤裆，但不属作风问题。属于什么问题呢？要么本人疏忽，要么裤链的质量不好，属领导生活起居上的问题，该由办公室主任管。第四种，世故。审计科副科长知道，如向局长指出，教彼在众人出现的楼梯上出洋相，犯了官场之忌，所以侧身，点头，憨笑了事。类似的是审计科长，他想，从一楼到五楼都没人提醒，凭什么非得由我来？第五种，幸灾乐祸。副局长是其一，巴不得局长出丑，以致下台，由他取代。书记是其二，一山中两虎，有什么比看对手栽倒更加过瘾的。

世相纷纭，各种各样合情合理的小算盘，导致一个结局，裤裆从头到尾洞开。按照官场铁则，必须有人承担责任——司机被开革。司机不服气，被告知的“理由”当然不是因他最后道出真相，而是“为什么一早局长上车时不指出”。

司机在最后目瞪口呆地指着局长的裤裆，乃出于下意识，此层姑且不论。如果这是政治寓言，玄机可不少，诸如：为什么其他人都不愿指出裤链问题？为什么局长大人的裤链被所有人认为“与己无关”？言路为什么闭塞到如此不堪？裤链忘记拉上，和裤裆布之臊，都是难以避免的（不是没有区别，前一种是人为疏忽，后一种却是定命），如不嫌牵强，这一短剧上演之前的局长，很可能就是1957年反右运动的化身。阳谋之后，禁绝一切批评。不过，那是老生常谈了。

不妨加一蛇足，从政治回到世俗层面，就“礼仪”做点探讨。裤链不拉上不体面，但如何向疏忽者提出却是大学问。当众指出，有伤面子，闹不好人家不领情不说，还可能记仇。委婉提出，又怕不领悟。如何不着痕迹又面面俱到，以最快速度纠正之，这可不是坚执“我可是为你好”的理由，不讲分寸、不计场合的鲁莽人物能够办得漂亮的。

（2014年9月刊于旧金山《星岛日报》副刊）

有　时

一

最近，下决心把家中旧物做彻底的清理。该扔的，堆在车库一角，稍后送进预约的垃圾车；该保存的，放进纸箱子。一个星期下来，给整得腰酸背疼不说，还落下一肚皮不愉快。说“不愉快”嫌笼统，其实是伤感、遗憾，还有一些不着边际的思辨。我并无恋物癖，收集古董、邮票、字画、家具乃至“文革”战报、像章一类须常常"回头看"的爱好，均不属于我。自然，书买了不少，那是为了读。勉强称得上"藏"的，是自家作品的剪报，但那是20世纪的事，自从有了电子文档，即使收到样报，也早早送进供放可循环再造物品的垃圾桶或者赠予爱此道的朋友。

经我的手，从蒙尘的库房、各个衣物柜、书架和大大小小抽屉搬出来的，大抵分为三类：一是衣物，那是太座的权力范围，她看过，决定是抛弃、送人还是保存，我照办就是。二是电器，夸张点说，这可是半部实物"编年史"。电话不下10台（带拨号盘的上一次搬家时已扔掉），眼下有：带传真功能的，以一台有线母机带两台无绳子机的，以电为动力的，不以电为动力的（资格最老，然而实用，万一断电，其他的都停摆）。卡拉OK机、唱片、录影带、有线和无线的麦克风、全套环绕声喇叭（5只）、扩声器、CD和DVD播放器、电视机天线、电缆。和电脑有关的，滑鼠、软硬盘、数以百计的空白CD、路由器、插座、各种纠缠不清的线、开关、变压器、数据线。种类浩繁，不好全部弃置，又难以一一甄别，只好放进大箱子。理由是：将来也许能翻出有用之物。可是，我早就料定，这预期和初恋的山盟海誓一般，不会兑现，哪怕一回。第三种是和我的写作有关的，上述的剪报仍旧不忍丢弃。电子邮件通行之前的通信，包括家书、友人书以及和出版社、编辑部的来往信件。其中不乏文坛名人的手泽，有生之年哪一天，历史感忽然高涨起来，是会影印和编辑出版一本“书信录”的。教我纳闷的是，写作必需品——纸、笔和近20年用的电脑之外，有8台订书机、6台透明胶纸切割器、7把剪刀、上百个铁夹子、难以计算的回形针、图钉、铅珠笔——又是鸡肋，只好依前法打包，天知道哪天会去翻检！

二

就“介乎两可”之间的杂物做出艰难的取舍之后，下一个问题是：当日我为何不放聪明些，为将来减少累赘呢？明明知道，这和我当知青时所在村庄一个孩子的提问一般无聊——他饿得口里猛冒清涎时，少气没力地对父亲说：“能不能不这么穷啊？”

林林总总的“劳什子”都曾是“必需品”。说到“必需”，要分虚实。实，是指没有它不成的。有几年，投稿用600字的方格纸，柔和的绿色框框被我喻为栽上稻秧的田垄。那时没有复印件，为了存底，嫌重抄费事，复写纸就是唯一的选择。复写纸只用了小半，剩下的束之高阁。然则，以后如果还会派上用场，那就和“老式打字机终将再度流行”一般荒谬。幸亏我是男人，购物以“有用”为依据。女人则稍不同，常常“为瞎拼而瞎拼”。也是这次大清理发现的，存放在许多地方的牙线达数十盒。煤气炉灶专用的洗洁精30多瓶，都够用十年八载。货物一旦堆进不挡眼的储物架，便如入了冷宫的妃子。对这等纯属浪费的“囤积居奇”，太太的解释是：当时拿着减价券，不花掉不甘心。

从前丢弃远远少于保存，是为了“以后反正用得着”。这一回，却全神贯注于清理。“来日”，过去是“方长”，如今是“无多”。就连宝贝得不得了的书籍，也思量怎样送出去，给朋友、给图书馆还是垃圾车，还是送进壁炉生火？

从什么时候起，“精简”变为人生的关键词？一个月前到达65岁——够格享受联邦政府的医疗福利，够格以相当于普通票价三分之一的价格乘坐一切交通工具，进许多商店能获得10%或更多折扣。

三

彼时宝贝，今日敝履；彼时鸿毛，今日泰山。且做一项功课：把一些年龄段的必需品和奢侈品开列下来。以自己为例：

16岁，念高中一年级，必需品依次为：饭、膳费、分数、名次、和某同性同学的交情、自行车。

20岁，下乡当知青，必需品依次为：饭、钱、禁书、自由的思考、逃出农村、少上山打柴。

33岁，在旧金山成了新移民，必需品依次为：足够养家糊口的钱、英语、家书、许多好书、可以干一辈子的职业、自由的议论和写作。

65岁，退休，在中国和美国生活，必需品依次为：身体健康、行止平安、内心快乐、写作突破瓶颈、足以震撼心灵的书籍、运动（羽毛球和散步）、皈依宗教、可深谈的朋友。

往下，先后淡出的是什么呢？如雷贯耳的名声，在某一行教人仰望的地位，超出需要的金钱。当拐杖、步行器、轮椅成为必需品时，你还在乎汽车的年份、品牌、价位吗？当长辈与同辈一一变为墙壁上的照片或者墓碑时，当你将“不把屎拉在裤裆里”作为相当于壮年上台领“年度最佳业绩奖”时，总该明白“有时”。

（2013年9月刊于美国《世界日报》副刊）

给一个理由

哪怕是最按部就班、最正常、最平常的日子，也不是毫无悬念的，但需自己找。我常常琢磨这样的事：在间不容发之际，如何给出一个理由，化解一触即发的危机？如向站在高楼边沿，扬言“不活了”的情绪激动者，或对着以枪或刀紧贴人质身体的匪徒。这个理由，有如你在黑暗的房间摸索电灯的开关，一旦摸到，打开，一屋子是光明。

话说航机上一持经济舱机票的金发美女，在头等舱占座。空姐怎样劝告，她都不离开。乘务人员无计可施，打算将其强行拖走。机长说，别急，让我试试。机长走近美女，只悄悄说了一句话，美女就乖乖走回原座位。大家惊讶地问机长给她什么理由。机长说，我告诉她，你的目的地是纽约，但头等舱飞往洛杉矶，只有经济舱飞纽约。这笑话，属于“Blond Joke”，即专取笑金发小姐的愚笨的。这等理由，在现实中算不了数。

刚才，我和一位移民年资超过30的朋友聊天，他说起20世纪80年代，他和妻子每到春节临近，便摆摊卖桃花。那时中餐馆的洗碗工，一个月税前工资六七百美元。他们夫妻辛苦一个星期，半夜驾车到东湾的山区砍桃枝，载到旧金山唐人街，卖给办年货的同胞，赚5000美元以上。

到一个陌生地方，砍人家土地上的桃枝，不花一个子儿，主人不但爽快地应允，还给予祝福。这对于一个给初斯土、英语结结巴巴的新移民，谈何容易？“猜猜，我向桃树的主人说出什么样的理由？”友人卖个关子。我沉吟，这可是难题。尽管桃树并不结可吃之果，也不会成为建材，但属于私有财产，不经允许而动刀，可能挨控告。最大的问题在于不花钱，手上毫无筹码。偏僻之地当不速之客，贸然上门，而况又是英语带口音的“异族”，对方已怀警惕。主人可能不耐烦，必须在30秒至1分钟内把他说服。我想了好一阵，不得要领。

友人说，我在桃树林附近敲主人家的门或窗户，对方只会打开指头宽的门缝听我说话。我诚恳地说，中国新年快到了，它的重要性一如你们的圣诞节。中国人社区庆祝新年，离不开桃花，一如圣诞节少不了圣诞树。你们的桃树长得真好，如果您允许我砍一些树枝，带回去给我的同胞，不但我们，连您的家也添了喜气。

我的朋友说，他砍桃树砍了多年，持这一理由，无往而不利。出于深思熟虑也好，出于直觉也好，这理由好就好在：一、从宗教入手，唤起同理心。二、以圣诞节入手，激发同情心。三、最后一句点明，施者也获益，皆大欢喜。

和这位当年摆桃花摊如今已身价数千万的朋友告别，遇到另一位亲戚。她向我诉苦，儿子34岁了，仪表堂堂，有好职业，就是不爱结婚，从来没谈过恋爱。父母向他提起，他马上反击，最有力的理由是：现在满眼都是离婚的，可见不可随便结婚。亲戚请求我出个妙计，说服宝贝儿子去谈恋爱。

我想了好久，罗列出及时谈恋爱和结婚的理由，但迄今未找到一条自认能够击中对方软肋的。一把钥匙开一把锁，没有这一条“理由”，任你唠叨终日，依然是隔靴搔痒。

（2012年12月刊于旧金山《星岛日报》副刊）

故事，事故

音乐人高晓松的电视节目《晓松奇谈》，每一集的开头，必有相同的几个警句，其中一句："人生不是故事，人生是事故。"绕口令式的掉换，不能说不精辟，但有漏洞。一般而言，"事故"是"意外"的别称，但小有分别。事故是坏的"意外"。而"意外"，偶有好的，比如：骑自行车的男子在街上撞到丽人，送她去医院，手术后每日探望，后来成就良缘。又如"塞翁失马，安知非福"的成语。"事故"里必有故事。而一般的"故事"

包括“事故”和“非事故”。后者指平淡、刻板，可以预测，按计划进行的日常生活。

当然，晓松之谈，标出“奇”字，也就是排斥无“奇”的故事。就他的话题范围，这么界定是工稳的。岂止他的奇谈，新闻不也总把头条、号外，留给“事故”吗？杀人、抢劫、绑架、火灾、企业倒闭、股市崩盘这些带血、带悲剧并不能给人间提供幸福的故事，是传媒的最爱。于是，我们难免发生以偏概全的误会。不止一次，美国的朋友知道我回国内某市居住，担心我的安危，因为报上登了多条新闻，内容都涉及该地的罪案，如骑摩托车的团伙在高速公路的巴士下客处公开抢劫。其实，那里大街一片太平。同样，国内的朋友读了新闻，以为美国满街都是持枪的匪徒。两边的都上了只登“事故”的新闻的当。读者大多不知道战地记者的自嘲语：我们是“嗜血动物”，不打仗、不死人，这一行得喝西北风。

排斥“非事故”的还有文学。戏剧性来自事故，冲突来自意外。和悬念强烈，教观众和读者紧张的戏剧、小说相比，流水账般的日子缺乏看点。尽管我们只爱台上的罗密欧和朱丽叶，但自己不会仿效。然而，写作者必须死死铆定和自己要过的无“事故”日子相反的奇情人生，岂不为难？

王鼎钧先生最近发表一篇题为《海外华文文学的突围》的随笔，列举“围困”远离本土的华文文学的因素，一曰语言，二曰空间，三曰意识形态，四曰文学流派，五曰时间。进而提出两种“突围”方法。一是陆军式，即步兵式，“集中兵力，一点突破。莫言好像用这个方法，轮回，人工流产，专制时代残酷的刑罚，都是前人写过的题材，到了莫言手里才把它写尽了，写透了……”二是空军式，战斗机突围。以爬高来摆脱敌人。海明威走过10年写作低谷，发表《老人与海》，“不求广度，他求高度，他把这个老渔夫出海捕鱼的故事处理成高级象征，各民族把它当作自己的寓言。他超过了自己以往的成就，突破了包围，他也成功了。”

王鼎钧先生所举的两条，基本上以“事故”为题材。还有别的突围途径吗？比如，我们身处其中，每天每时与之周旋的日常人生，如果没有事故，没资格上新闻，那么，进入文学的可能性如何？所谓“画鬼易，画犬马难”，以写“非事故”突围，恰似做菜，拿事故为题材一如用上鲍鱼龙虾，你却只有咸菜萝卜和不多的五花肉。但我依然认为，“一花一世界，一叶一菩提”，忠实地反映前者，方有后者的升华。“行至水穷处，坐看云起时”，“坐”并非终结，何不把“云起”的具象、人的感怀尽情写出。远看“夜深儿女灯前”失诸皮相，须深入其中，写亲子关系，写代沟，写爱，写人性的深邃处、暗处和光明。总之，占人世最大份额的“非事故”部分，在文学中处于弱势，是人为的留下无限遗憾的“事故”。

（2014 年 11 月刊于旧金山《星岛日报》副刊）

八十八岁的懊悔

在唐人街遇到Y先生，实在惊喜。相识超过30年，从前一个月总有一两次聚首在茶楼或咖啡店。近10年他搬到郊外，来往才断了。上一次见面是哪一年？说不准，至少七八年前。所谓“士别三日，当刮目相看”，眼前的Y先生，皱纹密集，拐杖在手，当仁不让的老者。老本身就是了不起的成就，这意味着他避过了许多潜伏的危险，诸如疾病、摔倒，还有被车撞倒（这在旧金山可是司空见惯）。

“还住那栋西班牙风格的房子吗？”“是啊，——你怎么知道我买了这一栋？”“你20年前就告诉我了。”“哦，说来我是笨到家了，那栋房子是22年前买下的，一直没动，起先出租，后来自住，要是换个脑筋活泛的，早就转手，赚到的钱拿来炒楼，几个回合下来想不盆满钵满都难！”我不想把以“人生百年唯存悔”为宗旨的话题延伸下去，握着他的手，拍拍马，捎带打探他的年龄：“你的气色甚好，可见养生有术。”果然搔到痒处，“还可以，88了，不硬朗还能骑单车，每天环湖转三圈，五英里不在话下！”

“哦，了不起！”我差点补一句：“一大把年纪，怎么还稀罕过时的发财术？”但世故告诉我，直言除教人不舒服外，并无建设性意义。懂简单算术的人都晓得，尽管寿元难测，但他即使被祝“长命百岁”，也未必十分之欢欣鼓舞了。佛家语云：“是日已过，命亦随减，如水少鱼。”他离永恒的死亡那么近，还为了早年少赚而懊悔不已。

大道理谁不懂？“赤条条来去无牵挂”，站着说话不怕腰疼地强作通达，我也能。实践却需要超越的情怀。细考“生不带来”之后的“死不带去”，并不可能一步到位。生活附加于“生命”的全部累赘，需经历“删繁就简三秋树”的漫长过程。如果以退休作为“老”的入口，且看命运如何替人做减法。

第一步，脱掉世俗的“功名”，管你在位时阶级多高，脚一跺引起多少范围的地震，从此名片要重印，再恋栈也要在头衔前加“曾任”或“荣誉”，表示由实入虚。随之而来，是全方位掉价，和旧人见面，毕恭毕敬的少了。更不幸的是在职时作品不卖得高价也被拥为“名家”“大师”，如今无人问津。四川那位在省交响乐团的伴奏下演奏走调且功夫未必赢得小区门口卖菜大伯的县委书记，肯定被勇敢的行家当面取笑。原来，所有的光荣都是官衔这“皮”上的“毛”。水落石出，人的真实价值终于显露了。

第二步，“肉”的层面的享受减少，直至消失。网上有笑话，曰某富豪驾奔驰车上街，一乞丐敲窗，求他施舍小钱。他问乞丐要中华烟否，要最好的啤酒否，要打麻将否，要享受按摩店的一条龙服务否，乞丐一概给予否定的回答。富豪最后说要带他回家，让老婆看看一个“四不”好男人的下场。恭喜你，你迟早成为这样的优秀乞丐。

第三步，亲人和朋友离开。如果活到最后，那么，你成为承受最多失去之痛的人。

第四步，身体和灵魂愈行愈远。你将多一条腿，将用上轮椅，加上一口假牙。同时，你的心还年轻、多情。于是，你陷进自己的内战。

以上四步，次序也许有别，但老如水之就下，逆转是没有的。到最后，你发现，剩下的只有过分丰沛的回忆和一颗工于怀旧的心。

好了，且回到88岁老友的懊悔去。他的“实业发家”大计，放在退休之前是蛮不错的，但是，凡投资必有风险，2008年的金融海啸，导致美国数以百万计业主的房屋被拍卖，多少年的积蓄付之东流。他当年如入市，能否全身而退，谁说得准？在米寿之年，如果依然在服用降胆固醇、血糖和血压的药之外，还得服自己开的后悔药，怎么也不能算明智吧？

“今天肯定比昨天好”的老人们，务必正视一个事实：在命运给我们做也残忍也慈悲的减法之后，我们只有一样东西不会被剥夺，那就是：心的蕴藏。对亲人、对后辈、对世界、对万物的爱、对年轻者的宽容、对黑暗人性的悲悯。如果注意修炼，加上幸运、仁慈、洞达、幽默，以及老伴、老友、老兴（即你的体能可以对付的兴趣），则依然伴随；反之，就只好咀嚼孤独。

（2014年10月刊于旧金山《星岛日报》副刊）

错在何处

读了一篇土耳其游记。它的后半段是“受骗记”。在君士坦丁堡，作者一行向一其貌不扬的擦鞋匠问路。匠人挑着全副擦鞋家当，爬坡下坡，不辞劳苦带他们走了好远。当免费向导不算，还免费为这些游客擦鞋。作者一行要给擦鞋匠一些台币作为酬谢。后者婉拒，但又说想看看外国钱币。于是，他们中的一个，拿出钱包，让擦鞋匠鉴赏英镑。作者他们仗着八只眼睛盯着钞票，觉得万无一失。不料擦鞋匠稍试小技，便把一张 10 英镑的钞票骗去。作者慨叹说：“光明正大骗到你们的钱。只要想到这个铁一般的事实我就受不了。10英镑事小，被骗的滋味却非常糟。”

我读完，却要说，作者从一开始就该明白这是骗局。人家以擦鞋为生，怎么可能免费挑着工具担子跑老远，当陌生人的向导？其次，以擦鞋为活的匠人一连为游客擦了两双鞋却不收费，游客凭什么依然自我感觉良好？难道土耳其的手工业者以西北风为食物吗？这“铁一般的事实”难道还不够振聋发聩吗？一扇窗户关了，一定打开另外一扇：骗。稍有常识的，都会敬而远之。

这位作者不买“天下没有白吃的午餐”这一名言的账不算，还反“财不露白”的格言而行之，让骗子拿自己的钞票“玩”。作者一行并非旅游菜鸟，但是被膨胀过度的自信害了。恃着人多势众，光天化日，既可揩揩好心的当地人的油，又不怕明抢。其实这位擦鞋匠的骗术并不高明，一开始就露了馅。放着生意不做，带陌生人跑远路不收费，这伎俩本身已启人疑窦。诡计稍多的不会这般明来，会明码实价，收带路钱，消除游客的顾虑，再慢慢设局。说来说去，作者一行是被贪小便宜的心理害了。

出门在外，总遇到陌生人，总要就“对方是好人还是坏人”做出即时判断。我向来信奉“与其猜疑，不如信任”的信条，因为较为省力。不过，这一条放在这里显然行不通。退而求其次，对以下人等，还是提高警惕为宜：平白无故地给陌生人以并非必要的好处的人，平白无故地给陌生人提供“免费”服务的人。

（2007 年 8 月刊于旧金山《明报》副刊《明坊》）

“偶然”决定命运

常言道，性格决定命运。这说法未必全面。常言道：“江山易改，本性难移。”已然定型的“性格”提供的是“常数”，须和“变数”相交，才能够形成“点”，那就是具体的“命运”。所谓变数，就是“偶然”。性格和偶然二者联手，描绘世间所有人的命运路线图。

且举实例。一个贫寒的大学生，常常到导师家请教功课，导师把他当成家里人，让他随便出入，只差把家门钥匙也交了。他生性要强，出身在穷乡村，家里拮据，他不让导师知道。有一段时间，他的手机因太老旧，快要打不出电话，不换不行了。想向家里要钱另买，还没开口，父亲就叹气连连，说他爷爷最近中风，摔在地上，幸亏抢救及时，活是活过来了，可是瘫痪在床，不能言语，别说康复，光是一天24个小时的护理就教全家狼狈不堪。他哪里还好意思要钱？他什么都试了，当家教，当室友的跑腿，宁可不吃一顿午饭也买了彩票，可是，怎么也凑不够买手机的600块钱。

那天合该有事，在导师家里，他随意从书架上抽出一本年鉴来翻，从书页里掉下一叠面额都是100元的人民币，至少8张。这一天，和他一起来的同学还有3位，他们在客厅看电视，就他一个人待在书房。天赐良机！平时不是没有“顺”的机会，但他一个人来，嫌疑全由他担，今天，黑锅有人背。拿还是不拿？这辈子没偷过，心在狂跳，额头全是汗。他迟疑复迟疑。这时，手机嘀地响了一声，他把钞票放回书内，腾出手来从口袋掏手机。来了短信，看屏幕，父亲发的，内容没显示全，光是“平儿”两个字。他遭受电击一般，清醒过来，把年鉴放回书架。就在这一刻，导师踱进书房，径直走向书架，抽出还带着他的手温的年鉴，把钱拿在手中。原来，钱是导师早上从银行提来，查阅年鉴时顺手放进去，准备过一会儿给保姆的，正好是月底，该发工资了。事后，他出了不止一身冷汗，险啊！天造地设的时间，如果他把钱塞进口袋，这鬼祟动作被导师看到的可能性达80%；即使没看到，导师找钱时，他肯定是头号嫌疑犯。后来，他的学业和事业都步入佳境。多年过去，这位已担任大企业财务长的中年人想起这桩事，暗里庆幸，说至关重要的短信，是老天爷发来救他的命的。

早一步晚一步都不对，这样的偶然，布满命途处处。余英时教授认为历史无所谓“规律”，也就是说，“必然性”云云，“社会发展若干阶段”云云，都是靠不住的，在偶然性面前，它们都得退让，乃至被颠覆。人生亦然。一位老先生和太太，一辈子婚姻美满。在庆祝钻石婚的那一夜，他喝个半醉。趁太太忙于和儿女亲家话家常，他对远道而来庆贺的老友掏出心里话：谁不称道我对太太忠心耿耿？可是，中年时我出过一次轨，和一位同事好上了，情浓时趁她的丈夫上班，上她家幽会。刚刚云雨一番，穿好衣服。他丈夫因为公司派去外地开会，马上出发，要拐回家拿护照，比平常下班提前30分钟进家门。他听到前门的脚步声，马上从后门溜出。一切如常。不久，他两人都厌腻了偷偷摸摸的勾当，回到婚姻的常轨。“如果那次她的丈夫早回10分钟，我和她赤裸裸地在床上；如果早回5分钟，我和她拥吻告别。不被抓个正着，也会造成巨大裂痕。看到了吧？恰到好处的是时间。若那次奸情败露，我和她的生命史都彻底改写。离婚、财产的分割、子女的抚养权，这些都不是首要问题。关键在于，她只适宜当情人，太太才是我一辈子的至爱。所以，所谓完美姻缘，一多半是以‘对方不知道’为基础的。”原来，一生坚守同一婚姻，至难处在战胜因“长久”而累积的陈旧感，偶然的出轨难以避免，但拈花惹草的心态是游戏，绝没有推倒重来的准备。只要短期的“偷”不败露，那么，不久以后，浪子回头，婚姻和家庭又在原来的轨道运行，变为托尔斯泰所称的“幸福的家庭都是相似的”。从这一点稍做扩大，天下之大，因第三者插足而导致的离婚，如果以下情况不出现，个案可能减少一半：一、怀上孩子，二、奸情败露，三、第三者的涉足以结婚为目的。总之，“爱情”的常数加上“偶然”的变数，组合的就是姻缘的曲线。

一出由尼古拉·佩兹主演的电影《趟门》（*Sliding Door*）道尽了偶然性主宰下人生的奇幻：主人公和女友在大学陷入热恋，毕业后，男子决定离开美国，到伦敦去深造。他带着行李，在女友的陪同下，乘地铁去机场。吊诡之处全在地铁的“趟门”。截然不同的人生因“门”而展开。一种是：主人公在关门前进入车厢，顺利乘机到目的地，深造以后，以名校毕业生的资格回纽约发展，当上证券公司的总裁，亨尽荣华富贵。另一种是：来晚一秒钟，趟门关上，因而被延误，无法乘机。往下，人生版图成了这样：在本地上一般的学校，毕业以后回老家当轮胎公司的推销员，和女友结婚，生孩子。日子困顿、庸俗。妙处还在后半——两种人生竟交集一处。高高在上的总裁变身为碌碌无为的推销员——

由此可见，“偶然”在漫长命途，能玩出的花样，远比被命名为“必然”的个性多得多，在它作用下出现的结果，自然远远超出“性格”所规定的范围。可以说，人生的可能基本上由“偶然”而非“性格”所决定、所制约。更有甚者，偶然往往颠覆较为固定、较具可测性的性格。这样的例子比比皆是，文弱书生钱锺书“文革”年代打人，且被打者是远比他年轻和健壮的同事，粗看难以置信，然而被打一方持有验伤证明和证人。这就是性格和偶然性相悖的例子。

强调“偶然决定命运”，并非推翻“性格决定命运”的定论，而是给后者加入限制和引申。明了此点，是为了对冥冥中的“力量”（可以是基督教的上帝，也可以是佛教的释迦牟尼，乃至关二哥、观音娘娘、土地庙的泥塑）表示起码的敬畏。这“偶然”，无论有益还是有害，都是来自非由你主宰的神秘。“偶然”之来，以何种方式，怀何种目的，造成什么结果，都不是你说了算。

其实，中国人早就为敬畏“偶然”做了充分表述，如“看天做人”“成事在天”。不过，务必加上这样的前提：尽人事。以责任感、以慎独来应对神出鬼没的“偶然”，如此而已。

（2014年7月刊于美国《侨报》）

十字架的加法

6月伊始，哀思绵绵。“D日”50周年的盛大纪念活动如火如荼。世人的目光集中在诺曼底。元首聚会，老兵聚首，回忆聚集。在这与德国法西斯殊死决战中起着关键作用的海滩上，电视屏幕一次又一次地展开十字架墓地的鸟瞰图，那是9000多名美军的埋骨之所。他们在血战中捐躯，一去兮不复还。9000多个十字架，密密地、极工整地排列着，一如检阅台下最为训练有素的士兵队列。海天何蔚蓝！草地何碧绿！每一个十字架的旁侧，今天都添上一面星条旗。风起旗飘，一如亡魂挥动的手臂。雪白的十字架啊！

记起了台湾诗人罗门关于麦坚利堡的两首名诗。头一首写于1960年，诗人第一次到菲律宾马尼拉城郊，凭吊第二次大战中牺牲的美军墓地麦坚利堡，7万座大理石十字架，令他诗心震憾，遂成名篇。29年后，他重履旧地，恰逢大风雨，便写了一首《一直躺在血里的麦坚利堡》，它比少作更见沉郁。他在诗中问："风雨中的天空／暗成一块黑板／你用数不尽的十字架／写下那么多加号／究竟要把世界加到哪里去？"诗人慨叹："炮弹炸弹加上血等于死亡／炮声哭声加上嘶喊等于死亡／祈求哀祷加上安息等于死亡／史密斯威廉斯加上乔治都等于死亡。"

诺曼底的十字架与麦坚利堡的十字架，数目有多寡之别，但其为美国英烈则一。它们在做着同一种加法。50年后的今日，当年参加这一战役的老兵在原地重温战争风云时，风雨交加亦一如往日。

逝者已矣，十字架仍在。十字架的加法是怎么样的加法？重游旧地时的罗门，已经成熟。他有感于游客们对惨烈无比的战争的淡忘，笔下不乏嘲讽：“她们的胸部腰部与臀部／怎会摆动到太平洋海底起伏的坟园上来／既然她们自粉盒中白出来的脸／已白过了十字架／从快速摄影机中／取出来的那部历史／也只拿来当旅游风景看。”对诗人睿智的诗句，我向来是击节赞叹的，但是今天不同了。当我在电视上看到十字架行列中，老战士和妻子虔诚画十，鞠躬甚至俯首吻着十字架，以追怀昔日袍泽时，我的脸与那些业已刻满皱纹的老兵的脸一样淌满泪水。我几乎要鄙薄诗人不合时宜的调皮了。我从老兵们那浑浊的瞳仁中看到的十字架，那一连串的加号，竟分外清晰。它们是不容亵渎的，因为它们象征的是生命的庄严。一个十字架是一分庄严；叠加上去，就是数学上的排列组合。在诺曼底，在世界上任何别的同一类墓地，千千万万的十字架，组成巍巍若喜马拉雅山的庄严，万世不灭的无限的庄严。这毋宁是最伟大的加法了。在人类历史的数轴上，难道不正是这些“加号”将我们一步步推向和平、理性和进步吗？

诚然，我们周遭充满了“减号”。我们生命的内部，堆积着负面元素。太长久的和平，教我们远离烈士尸骨砌叠的崇高，而专心体味世俗平庸琐碎的欢愉：月下花前的软语，生日蜡烛旁的合唱，晚饭后一阵饱嗝，茶楼上几阵大笑，使我们心满意足。何况，日子尽管平静，压力也够沉重，谋生不易，还得提防窃贼忧心儿女担心失业，所有这些，岂止不算罪恶，甚至都是美德。然而，正是这些情操，在不知不觉中令我们忽略生命神性的一面，那就是其潜在的庄严；使得我们无从体味生命高蹈于小我之上摆脱了庸常利害之后的纯净之美。我们的命途不乏坎坷艰危，也不缺秀山丽水，少的只是登临绝巅时所亲睹的奇观：晶莹的冰川、云海、日出之际的壮丽、月光下的大寂静。

自然，我们不可能天天体会到生之庄严，但至少总须自知，世界上确乎有着这种关乎终极意义的生命体验，只要善加挖掘，内心深处也会涌流一种神性的甘泉。人生理想的制高点，须立起一座白色的十字架，供我们曳尾于泥涂时做仰望的标的。也许终其一生，我们到达不了庄严之境，但我们用了加法，一点一滴地，以每日的进取积累生命的海拔。到结算一生账目的时日，可以较少遗憾地说：我离庄严尚远，但比起步之初接近多了。十字架所启示的，便是这样最简单也最繁复的加法。

（1994 年 6 月刊于美国《国际日报》副刊）

向何人说

傍晚，街上散步，暮色四合，灯光迷离。掏出手机，边走边沉吟：该给谁打电话？在我这方面，手机包月，不打白不打。然而偏偏没什么电话可打，一天到晚也难得听到铃声。想起白天，听一对老夫妇怀旧，30多年前初识，一个在香港，一个在旧金山，每天写较平信便宜的邮简，少则一封，多则三封，上班累个贼死，回到家不写好不睡觉。那是激情当令的青春，在波澜不兴的晚年难以复制，然而，“闲聊”的诱惑力反而与日俱增。此刻，何其渴望和一个朋友谈天！不必是刎颈之交，不必是听他一席话胜于念五年常春藤的饱学鸿儒，只要能絮絮叨叨地谈20分钟而不厌烦。

且作筛选。堪称同气相应，可作竟夕深谈的，不在美国，都在上班或吃饭，不可叨扰。其次是东海岸的一位，但那边已过10点。上次也是这个时间给他打电话，他太太把他从床上拉起，谈了10分钟，听到几次呵欠，尽管他强调不碍事，但很不好意思，告诫自己以后务必识趣。等而下的数位，是有事才打电话的。以文事作譬，闲谈是散文，谈情是诗，问候类、交涉类则是“等因奉此”的公文。我要和对方合作的“有声之文”，至少是小品，不管优劣，只要尽兴，只要思想撞击出火花。最后，在“相见亦无事，不来常思君”类中选了一位，拨打，无人接听。从前我和他是能兴高采烈地谈的，近来友情转淡，因为他舍得心应手的读书心得不谈，转而聚焦于所供职的公司内无聊的人事纷争和邻居的恶习，两人失去了共同兴趣。再选一位，人家忙于看电视剧，匆匆切断。把手机放回口袋。

“便纵有千种风情，更与何人说？”不由自主地吟起多情柳永的《雨霖铃》。我绝不敢以才子自命，而况，胸次中有乱七八糟的世情、世故，独无矫揉作态的“风情”。由此而顿悟，在这个举目处皆“低头族”的人间，玩手机已成为时髦，任何时间，上班也好，放假也好，不变的是：人手一部手机。路过一家驰名中餐馆，一家子在围着吃饭，三个小孩子，无一例外地和手机过不去，亲情眼巴巴地被销蚀。由此，我们可否得出“手机万能”的结论？

极简单而冷酷的事实是：一旦顾及互动，手机就难施伎俩。不错，局限于单向行为，无远弗届的手机胜任愉快，如留言、发短信，然而，一旦升级为对话，打手机常常是骚扰。除非预约，对方有备而接，否则，你如何知道对方是否方便？是否有谈的兴致和力气？贸然拨电，等同于不经通报，径直闯入对方的隐私空间。幸亏国人尚含蓄，不会直言指责，但心里的憋屈不言而喻。

有人马上讥笑我的老土：运用视频，不就缩千里为方寸了吗？是的，“共剪西窗烛”的情调，它是部分地营造了。可是，这样的遗憾未必能够弥补——对方多少近于被“抓公差”，仓猝间难以为你的谈锋匹配同等的兴趣与心情，效果差强人意。见面则全然不同，不管是茶楼酒肆还是人家，不管是雨雪还是晴明，执手就是约定，都准备好了，开始吧！

说来未必不是讽刺，进入万事均不必“亲自”的资讯社会，不见面依然没有酣畅淋漓的“侃大山”。再先进的手机，再迷人的虚拟世界，无法替代从远古至今的“面对面”。老杜的“白日放歌”后是“青春作伴”。没有对酌，岂有“一片冰心在玉壶”？为什么“万事不如知己乐”，皆因“一灯常记对床时”。何不把手机扔掉，效法古人，雪夜坐上“访戴”的小船？

（2014年10月刊于旧金山《星岛日报》副刊）

对己乐

夏天，天理所当然地蓝着。走路，总是一个人。我郑重声明，在拄杖之前，在必须被搀扶之前，我最后的坚持就是这一条。排斥任何第二者，比如说，朋友，哪怕是最谈得来的。不错，过去信奉黄仲则的诗句：“万事不如知己乐”，可是，那种同气相应的欣幸、驳诘和引申的快意，且留给巴山夜雨的窗下，留给村夜灯下的“对床时”，以及咖啡杯、酒杯当令的时间。但凡用脚的场合，依然以单独为理想。连知己都碍事，别说怕不礼貌，老要想出话来以避免冷场的一般路伴了。朝夕相伴的老妻，同行本没有麻烦，但她老落在后面，不等会被指为“不关心”，等呢，自得其乐又打了折扣。

独行的妙谛，在于与自己相对。人为落单发愁，是心灵之中的“我”没有完全独立的表征。成熟的、理性的人，不但有居住在肉身的灵魂，还有一个“自我”。它是镜子里的像，是光下的影，二者貌似同一，或把后者指为前者所派生；但这个异己之“我”，在心地澄明之时，是独立足具的。李白举杯邀月，对影成三人，这第三者就是了。问题是，它需要滋养，需要对照，需要省察，一旦在世俗功利中浸淫过久，它就化入混沌的夜。这么一来，你在四下无人的所在，彷徨于无地，它不会施与援手。

这个“我”，在路上伴我。我和“我”一路聊天，或者沉默。“我”刻毒地嘲弄我的自作多情、自我膨胀；“我”痛切地反省我多少年前干的昧心事，“我”欣赏我的无为、我的虚度、我的体力。比如，肩上所挎的布袋（这是环保举措，若不从家里带它来，便要在超市付一角钱买 1 个），里面有：全麦馒头（8 只），玉米（3 个），白菜(1 扎)，芥菜（1 扎），毛巾架（1 个），挂衣排钩（2 副），咸葱花蛋卷（1 盒），沉甸甸的，这是居家男人的担当，微不足道，胜在俯仰无愧。路上，和“我”相对累了，便让“我”闪开，让我思考和观察。人行道旁边，有天堂鸟花，立在铁闸旁边，窥探屋内（屋内悄无声息），雪白的樱花和紫绛的三角梅，开在屋檐的阴影里。一截土墙向我提示：时时处处不忘“观察”云者，一如作旧体诗的“句句着意”，必露斧痕，必须有所不见，有所不想。

而这一段路，予我的销魂之感难以言状。狂喜通宵、狂欢终日、喜极而泣一类，伤筋动骨，并不可取。我还想及，要检验自己独行的火候，一路快乐之外，还有一个标准——你是恨不得马上抵达，还是生怕太快走完？走了大半辈子路，退休前不说，优游林泉的光阴也无法扭转思维定式，把目的地当作唯一的目的，一路唯“赶”是问。眼下这一程，从厄文街到家，要走大半个小时，却故意选弯曲的，尽可能是没走过的路。

从大洋吹来的小风，本来要戏弄头发的，头发太稀，便转而向松垮垮的衣衫下手，襟摆飘飘然。行走本身成为美学，成为宗旨，由它滋生满足感，人生境界终于有所提升。

路旁，一个华洋杂处的游乐场。一对华裔母子在玩影子游戏，母亲蹦跶，要三四岁大的儿子踩她的影子。日头西斜，光线若橘，铺在沙子上。母亲略嫌肥胖，善体人意的影子却苗条而灵动，在儿子的篮球鞋下闪转腾挪，儿子踩中影子的头部，打出胜利者的手势。我一边走一边以视线追随不远处的“影子双人舞”，陶醉了。

也许是巧合吧。前天琢磨了小半天，就是人和影子的关系。如果影子离开本尊出逃，闹独立，将是怎样的局面？我是纯然务虚，难以理出头绪。这对母子却在阳光下实践了。我作为旁观者，又收获了快乐——不是从别人，而是从自身微妙的联想。

（2014 年 6 月刊于《侨报周末》纽约版）

空空如也

读尼采的《快乐的科学》，它的一节引发我的思考。大意是：扎拉图斯特拉索居山上多年，以孤独和思考为乐，有一天忽然改变了主意。那是朝霞满天的时分，他为伟大的太阳假设了两重厌倦：第一重，“若是你的光辉不照临人们，你又有何幸福可言呢？”第二重，10年来，“倘若没有我，没有我的鹰和蛇，你大概早就厌倦你的光辉和你来我处的这条路了”。尼采的言外之意是，蛰居10年以后，哲人觉醒，必须“落”下，下山，到人群中去。“正如每日傍晚降落在海的背面，并给另一个世界送去光明”。

他到人群中去干什么呢？“我亟须人们那一双双伸开的手，好把我的智慧馈赠、奉献给他们。”原来，他一直像“聚敛了大量蜜汁”的蜂儿，给一肚皮的智慧撑着，早已厌腻了。以下一段，把智慧转移的过程渲染得无比瑰丽：“祝福这只将要溢出的杯子吧，水将泛金地从杯中流泻，载着你那狂喜的余晖流向各处！”

往下，是我琢磨不透的问题：哲人如此这般把“智慧财产权”毫无保留地转让之后，他这“杯子”“又将空空如也”，哲人因智慧“送光”而变得愚蠢。撇开象征和譬喻，这一陈述是远于事实的，智慧这种形上之物，一如爱，献出越多，自己的囤积越是丰厚。除非你患了老人痴呆症，记忆近于空白，每一天都是从头开始，新鲜得像思维还处于混沌状态的婴儿。但这种病人，发病时表现出来的是呆钝，丢三落四，连自己名字也懵懂，回家的路找不到，只好被好心的给路人领到警察局。老成这样，还指望他锦心绣口，张口就是格言，下笔就是警句?

不过，到了老年，让填满伤痕、怨恨的记忆，塞满世俗功利、小聪明的脑袋重新变得空空如也，是极端必要的。空了才能容纳。尽管一次过的倾倒没有实行的可能，也没一劳永逸这等便宜买卖。我们能利用的只有遗忘机制，特别是“选择性遗忘”或“强迫性遗忘”，通过和渐进、浸润类似但方向相反的方式，更新脑海里的库存。

欲教脑袋重新空空如也，途径有三。一是和孩童交朋友。忘年之交，使老人年轻。和牙牙学语的孙辈交，岂能不抛弃老奸巨猾，做换位思考?不再慈祥而扮演灰太郎和小狗狗，而忘却运筹帷幄。不知不觉地，变为“老顽童”。二是和大自然交朋友。植物不会思考，但能展示。山川之气能荡涤尘念。种菊东篱，栽豆南山，不是逃离尘世，而是借此调整观照尘寰，应对人事的方式。三是建立信仰。人固然不能从生老病死中解脱，不能破解生命全部谜团，但生命力愈是衰微，愈需要神来替我们解释世界，解释命运。无助的心，需要导航。

神，不管你认为是可见还是不可见的，是真实的还是虚幻的，我们都需要。它就是人的完美化、神圣化。

通过这三条途径，我们将找回“愚蠢”。这不是童蒙时代的混沌，而是以不变应万变的最高明哲，是清空内心以后的和谐、爽利，此时，胸次有如旭日行将升起之际的群山。

（2013年11月刊于《人民日报》文摘版）

时间的雕刻

前年春天，置身夏威夷的海滩，在雪白的沙子上铺一条浴巾，舒坦地躺下。碧蓝近在咫尺，不时声势汹汹地扑打过来。被微咸的海水覆盖的脸，水流走后，细沙散在颊间和鼻翼旁。看着身边的沙，在浪花中进退，翻滚，一道道棱线。忽然想起时间对人脸的雕刻。没有疑问，这是人间最恒久、最繁复、最有看头的艺术。这一工程，须有双方的合作，人献出身体，时间拿出雕刀。人体的新陈代谢，从成长、成熟到衰老，不停顿地进行。

同样，人一辈子，没有一刻停止过的，是时间对他的雕刻。在这个工程的预备期，时间假手许多物质，最先，派遣羊水，浸泡，塑造，使胎儿成形。瓜熟蒂落，婴儿离开了子宫，以脐眼做终生的印记。从此，成为独立的个体。

从出生的第一天，雕刻师——时间便在场。无一幸免地，我们被这个最称职的艺术家置于完全的、严密的控制中。首先，雕刻师制作“粗坯”，大而化之，轮廓和线条，以简单为原则。婴儿的皮肤的嫩滑，儿童的眼睛的澄澈，少男过分丰茂的头发，少女修长颈项上的绒毛。这些，都属于伟大艺术家的手泽。他为每个人打“草稿”，总是先粗后细，先浅后深。所谓“天真”，指的就是时间未进行精细加工的年代，一如没有云彩和污染的一碧蓝天，避开霜雪风暴侵凌的春天的草叶。

青春是时间的杰作，整个作品的格局已定。男子的皮肤长了毛和青春痘；女子的身体有了诱人的曲线，脸孔带上桃花一般的娇艳；男性的肌肉带上山岳的棱线，嘴唇上下有了粗硬的胡茬。如此蓬勃而芜杂，妩媚而敏感，雕刻师欣赏时也陶醉了，忘情了，不舍得再加一刀。这就是为什么世间留下稀缺的“不老”神话，但限于某个时期。

然而，时间的创作，不以“完美”为终点，他的使命是“完成”——把工作直做到心脏停止跳动的瞬间。人到中年，雕刻师开始施以“工笔”。饱满的额头上的三道横纹，是中号雕刀利落地刻下的，抬头之际格外昭著。随后，以小号刻刀的精细镂出眼角的鱼尾巴。光滑的颊下开始“水土流失”，一道道纹被刻刀凿开，继而被岁月的流水冲刷复冲刷，终于成为沟壑。这个永不歇工的雕刻师，有的是辅助工。他让四季不同的风，吹拂手头的作品。春风固然给少妇的眉眼刷上慵倦的性感，秋风呢，有如扫过密林一般，使得人的头发变得萧疏，下一步就是披上白雪。

大抵而论，时间给每一个人生命的下半部基本上都做减法。这是雕刻师的工作原则，不闻大师罗丹的名言：

“雕刻就是把多余的去掉。”丰腴变为瘦瘠，浩瀚变为细小。反其道而行的也有，如腰围与老年斑与日俱增，但改变不了生命化繁为简的总体转变。

时间的功夫若只下在人体外部还好，人有望保持心灵的年轻。可是，时间必须履行他的使命，那就是“完成”——他的完成就是人的完成。欲望从繁复变为简约，情绪从激昂变为平和，思想从肤浅变为深刻。而内与外，常常是一体的。睿智的眼神配通达的心，邪恶的表情配阴险的灵魂。然而，不乏内外相悖的例子，歌德在86岁那年，狂热地追求一个16岁的少女。在即将迈入死亡的肉体内，居住着一个翩翩少年，如此地不合逻辑，如此地忤逆宿命。看来，时间的雕刻，未必每一刀都照讲义的步骤。生命的多彩和诡奇即在这里。

（2015年1月刊于《光明日报》文荟版）

已出版图书目录

一、精品栏目荟萃

《副刊面面观》

《心香一瓣》

《纽约客闲话精选集　一》

《多味斋》

《文艺地图之一城风月向来人》

二、个人作品精选

《踏歌行》

《家园与乡愁》

《我画文人肖像》

《茶事一年间》

《好在共一城风雨》

《从第一槌开始》

《碰上的缘分》

《抓在手里的阳光》